笭菁作品49
簿 II
死神祭
笭菁

CONTENTS

異遊鬼簿II：死神祭

楔子

深夜的海浪緩慢的拍打在海岸上，白色的浪花在黑夜裡看起來格外刺眼，尤其當浪擊拍上岸時，藏在浪花裡無數的亡靈，都拚了命的伸長手，試圖抓住岸上任何一個物體，好讓自己及時上岸。

伸長被海水侵蝕、被魚啃咬殆盡的枯手，在浪擊上岸的那瞬間攫取——但充其量只能抓到滿手的沙子，從骨手指縫中流失，就像不會再回來的生命一般。

海浪捲回，亡靈們再一次瘋狂且歇斯底里的拚命揮動雙手想要留在岸上，發出痛苦的哀鳴。

『呼……呼……』有隻亡靈緊緊抓握到了物體，使勁的往上爬。

那是個坐在沙灘邊小寐的人，他坐在椅子上打盹，而亡靈抓住他的腳踝，意圖將他拖到海底去。

拖一個活人進海底，就能換取上岸的道路。

噗嚕噗嚕……噗嚕噗嚕……海中央忽然起了波動，接著浮出了人影，一群女人在水裡載浮載沉，遙望著崖上的最高建築。

死靈感受到身上出現的異狀，只是加劇他的慌亂，使勁將岸邊的人兒往海底猛然拖去。

一隻腳不知從何而至，硬生生踩上了那死靈之手。

海中亡靈驚愕的抬首，卻只看見披著斗篷的人兒，斗篷帽裡一片漆黑，他什麼也瞧不清。

來人將他的手直接踩斷，亡靈痛苦的發出慘叫，卻被下一波海浪帶走，叫聲旋即被浪花覆蓋而沉沒。

坐在岸邊的人這才睜眼。

「差點被纏上了。」披著斗篷的人輕聲說。

「『他們』來了嗎？」人影站起身，遙望著海中央的影子。

「應該是，愛琴海都在騷動，衛城也在騷動。」斗篷身影遠遠的望過去，海中央的女人似乎也注意到岸上的情況，有股敵意襲來。

「站到我後面來，寧芙不是你能抵抗的。」削瘦的人影一步上前，擰著眉往海中那曼妙的女人看去。

說時遲那時快，海浪忽而風雲變色，大波浪瞬間往岸邊打來，白色的浪花濺灑在空中後立刻化為水箭，毫不留情的朝著岸邊的兩個人影攻擊！

「真是不講理。」人影冷冷笑著，單手輕輕揮舞，沙灘上的沙立時飛起為一片沙牆！水箭刺來，沙牆轉瞬以沙包覆捲入，僅是須臾數秒，所有的水箭都化為水珠，藏在沙灘底下。

「還是走吧！」斗篷聲線緊張，此地不宜久留。

削瘦的人冷哼一聲，「總是得回報一下人家的大禮吧？」

只見他右腳一掃，沙塵揚，手再往海中飛揮去，無數沙箭突然自沙灘竄起，直直朝著海中的寧芙射了過去。

「你連寧芙都——」斗篷人倒抽一口氣。

「是她們先不講理的！」那人自在回身，反正區區沙箭傷不了海之寧芙。「我們走吧！」

他遙望著衛城山頂，陰風慘慘，星象不祥，這個國家、精靈、神祇與人們，將陷入一場無法掌握的風暴之中。

第一章
罷工

「好怪喔！」

小雪才剛放下行李，就急著往窗外看，不是看愛琴海那美麗的海景與白牆藍頂，而是往樓下望去。

惜風正對著鏡子梳理被風吹亂的頭髮，她瞥了小雪一眼，知道她在說什麼，她說的是從機場一路來到飯店途中的異樣氛圍。

「好激動的感覺喔，一點都沒有希臘風的休閒跟浪漫！」小雪覺得和想像落差很大。

「應該是因為歐債的關係吧！」惜風嘆了口氣，因為整個希臘街頭的氣氛相當緊繃，看了新聞，似乎正在醞釀大罷工。

總覺得情勢非常緊張，希臘人似乎隨時都會罷工，說不定晚一天來，他們連飛機都搭不上，也沒計程車……看來還得為明天的餐點發愁，萬一飯店也罷工，連吃都沒地方吃。

才抵達希臘，她就可以感受到希臘人的情緒浮躁，歐債逼得他們喘不過氣來，人民生活得比以前辛苦——雖然她一點都不知道到底一天工作四小時是哪兒辛苦，台灣人果然才是一等一的耐操！

不過罷工不是她所擔心的，她憂心的是來到了希臘——祂不知道嗎？

「小萌！」惜風坐到了床緣，拉開背包，裡面竄出了一隻銀光閃閃的俄羅斯藍貓。

俄羅斯死神的寵物，送給惜風當作反抗『祂』的護身符。

牠迫不及待的鑽出來，用力搖了搖頭，舔著自己身上的貓毛。

『喵～』牠撒嬌般的喵了聲，突然向窗外望去。『喵到了！』

輕巧一躍，小萌跳上了窗台，像是欣賞著愛琴海美景般的享受，現在只有牠最有心情。

「小萌！我們在這裡，『祂』知道嗎？」惜風戰戰兢兢的問著。

祂，指的不是別人，而是一直自詡為惜風男友的神祇：死神。

人的命運總是讓人無法掌握，一張素雅臉蛋的范惜風就過著與眾不同的生活，從小到大她都有個不離不棄的伴侶，非她所選，因為對方是冰冷的死神。

是的，就是常人口中所說的「死神」，代表著死亡，在人臨終嚥氣後帶走靈魂的死亡使者；事情發生在惜風八歲那年，母親的同居者因為情緒失控將母親亂刀刺死，進而也想殺惜風滅口。

小女孩慌亂逃命之餘，看見母親屍體邊身披黑斗篷的人影，情急之下大聲呼救，命運的齒輪在那一瞬間轉動。

她看見的是死神，鮮少有人能這樣直對著死神的雙眼說話，於是她被死神選中，成為死神的女人。

意欲殺她滅口的同居人死於非命，接下來的日子裡死神常伴左右，她始終生活在冰冷與恐懼之中——因為死神說過，終有一日，祂會帶她走。

走去哪裡沒人知道，知道的人都沒有活下來，但是死神說要在她最美時帶她離開——女人最美的時候，便是戀愛之時。

原本她不明白什麼是最美之際，但是……遇上之後，不可能的事都化成可能。

她居然喜歡上別人了！她這輩子千不該萬不該就是喜歡上某個人，因為她沒有未來啊！

「惜風！」門被敲了兩聲，她趕緊起身開門。

門外站了兩個男人，一位是一臉斯文，未來想當神父的游智禔，喜歡她很久的男人；另一位是面貌俊秀但帶著冷淡的賀濎猋——她喜歡的男人。

房間不夠，他們兩個睡同一間，空氣中的不悅火花一直沒斷過。

「要先去吃飯嗎？」游智禔眉開眼笑的問著。

「外頭很紛亂，要不要先去確認一下狀況？」賀濎猋說著八竿子打不著的事。

游智禔立即往他瞪去，忍不住抱怨。「我們中餐都還沒吃，應該先吃飯再說吧？大家都餓了。」

賀濔焱瞥了他一眼，完全懶得跟他抬槓，只是再回首看著惜風，希臘的靈騷比羅馬嚴重多了，別說空氣中的氛圍不祥，連人與人之間的氣氛也相當緊繃，雅典完全陷入一種不祥的風暴當中。

「小雪，妳跟游智禔先去吃飯好了！」惜風立刻做出決定，勾過床上的包包。「小萌，走了！」

「小萌跟小雪走吧？讓牠去吃飯。」賀濔焱忽然出聲，站在地上的小萌昂首，閃爍的雙眸盯著他。「不餓嗎妳？」

小萌沒有立即回答，綠色的瞳仁望著他好幾秒，嘴邊像是勾著抹笑似的。『喵不餓。』

惜風打開背包，小萌一躍而上，鑽進背包前，賀濔焱知道牠多看了他一眼。

她很快的挨到賀濔焱身邊，兩個人打算先去繞一圈，小雪無奈的嘆口氣，也掛上自己的斜背包，嚷著吃飯吃飯！

「欸……」她動作太慢，游智禔只能站在門口乾瞪眼，望著連袂的背影離開。

「欸什麼，游先生智禔，你能不能稍微看開點？」小雪沒好氣的拿著鑰匙晃出門，「你都要當神父的人了，對惜風應該要斷慾了吧？」

游智禔忍不住瞪著她，微慍。「妳說什麼話，說得好像我想對惜風怎麼樣似的！」

「沒有要怎樣嗎？你喜歡她就是個慾望啊！神父不是不能結婚嗎？你是要獻給上帝的人耶！」她使勁的關上門，「再來，就算你不當神父，惜風眼裡只放得下賀帥哥，清醒吧你！」

「我想當神父有一部分是為了她。」游智禔忿忿的抿著唇，「有時候不是佔有才叫愛。」

喔，小雪不想明白他們之間的事，畢竟惜風的愛戀的確是三角關係，但是三個端點是死神、賀濂焱與惜風，游智禔從來就沒有被擺進去過。

「那就是大愛嘍？我欣賞你！」小雪大力擊拍著他的肩，「那就少把嫉妒擺臉上，這樣大家要一起玩就很尷尬！」

她使勁一推，開心的往前走去，游智禔不由得皺起眉頭來，到底是誰說到希臘是來「玩」的啦！

為了擺脫死神對惜風的控制，為了找尋永遠脫離死神掌控的方法，有神父推薦他前往梵諦岡向驅魔師求助……但是，死神是神，連萬神殿的神祇都無從插手，更別說區區驅魔師了！

而且目的沒搞定，還差點被捲進別人的事件中，搞得大家傷痕累累。

最後，終於抵達萬神的起源國度——希臘！

但是他們是來幫惜風解決被死神纏身的問題，絕對不是來玩的吧？游智禔無奈的跟上前，又被惜風甩下了，雖然知道她喜歡姓賀的傢伙，但是他就是不喜歡那個姓賀的！

「到外面去吃好了！」小雪是最怡然自得的人了，對她而言，越刺激越符合「旅行」。

對，他知道，她有個亂教的姊姊，從小耳濡目染奇怪的教育。

但他現在也不可能把小雪扔下去找惜風，她再怎樣也是個女孩子，身處在異國，這不是紳士該做的事。

兩個人走入電梯中，旅館不高，一下子就抵達一樓大廳，只不過電梯門還沒開，就可以聽見外頭一片嘈雜聲。

大廳裡聚滿了人，有義憤填膺的當地人，還有更加大聲的外國人士，不能免俗的也有熟悉的語言，正在咆哮怒吼。

「這太誇張了！我們要怎麼辦呢？領隊你要去講一下吧！」

「他們老闆在哪兒啊，我們一起去說說！」

「我花了多少錢過來這兒的，什麼叫罷工！他們政府不管事的嗎？」

小雪下意識遠離陸客，他們個個看起來像隨時要幹架似的兇猛，為了不被歸成一類，還是閃遠一點好。

對應著正在厲聲咆哮的陸客，另一頭的台灣團就顯得低調多了，嗓門也沒那麼大，只是在跟領隊爭論而已。

惜風跟賀濛焱根本沒來得及走遠，他們也卡在這大廳，看來好像罷工的事底定了！不一會兒，賀濛焱注意到小雪他們，招了手叫他們過去。

「飯店經理說了，罷工從明天早上開始，我們可以繼續住房，但餐廳無法營業，也不會有服務生整理。」賀濛焱聳了聳肩，「還好我們差別不大。」

「不過旅行團就糟了，所有的交通運輸全部停擺，大家正在吵這個。」惜風暗指周遭來自世界各地的旅行團，所有行程泡湯不說，只怕連要飛離這國家都無能為力。

「明天開始啊，那我們快點去找存糧啊！」小雪急著就要往外走，「趁著今天還有東西賣！」

「妳急什麼？」賀濡焱一把將她拉住，「人生地不熟的，而且有游智禔在擔心什麼？」

咦？游智禔忍不住一怔，有他在？連小雪都超不客氣的回首質疑。「有他在又怎樣？」

「拜託，好歹他跟梵諦岡神父都能有交情了，這裡的教會也沒問題吧？」賀濡焱正望著他，「沒關係就找關係，有教會在至少很多事不必擔心。」

對啊……游智禔這才想到，從梵諦岡離開前，神父的確有跟他說有事能找這邊的教會！甚至也給了他聯絡方式，但是——

「希臘是東正教。」他沒好氣的說著。

「噢，都是上帝十字架，應該沒什麼差別……東正教說不定我還能攀點關係！」俄羅斯便是東正教，賀濡焱跟那兒的教會有些社交關係。

「對！你之前不是也常在國外做什麼交流研習嗎？」惜風突然想起過去在俄羅斯時，與賀濡焱巧遇就是因為他剛好去「交流」。「那希臘這邊呢？」

「還沒來過這裡，所以都不認識，他們的確想辦活動很久了……妳也知道，希臘人比較『悠閒』一點。」賀濡焱笑了笑，跟羅馬人有得比，洗四扇羅馬競技場的窗戶，可以洗十二年……

才在聊著，身邊突然跑出一個矮個子的女孩，她手裡捏著張單子往這兒看，朝他們四個人都打量了一圈。

「你們……不是不是！」她邊說，邊扶了扶沉重的眼鏡。「奇怪，人呢？」

那是台灣團的人，看樣子像是領隊，惜風有些訝異，因為她看起來年紀不大，頂多二十出頭，居然是領隊啊！

「需要幫忙嗎？」小雪果然立刻出聲。

「我有四個團員不見了！」她咬了咬唇，一臉惆悵。「哎喲，都什麼時候了還亂跑！」

「領隊，我媽媽腳不能久站，我們想先回房間了！」身後一個中年短捲髮女人不耐煩的說著，「妳要不要等確定了再來跟我們說啊！」

「啊？」領隊慌張的回首，只好無奈的點點頭。「好啦，大家拜託不要亂跑喔！」

「妳要負責把我們的行程搞定啊！」另一個紮包頭的中年女人也大聲說著，「搞什麼東西，好不容易出國一趟耶！」

「好好好！」領隊鞠躬哈腰的，就是希望團員不要生氣。

移動往電梯去的團員們仔細觀察，發現似乎是同一家人，大大小小快十個人，最老的是正被攙扶著走路的老婆婆，最小的是才三、四歲的孩子，拉著父母的衣角嚷著要出去玩。

等他們都離開了，領隊才轉過身來嘆了一口氣。

「真麻煩，居然遇到大罷工。」她噘起嘴，拿起手機要撥打失蹤團員的電話。「這下什麼都不必玩了……你們是自助喔？」

「嗯。」小雪用力點著頭，「已經確定哪裡都去不了了嗎？」

「明天開始鐵路公路飛機船全部停駛，能去哪？」領隊鼓起腮幫子，「要我想辦法……我怎麼想啊，掛兩支翅膀飛在空中就能玩了！」

賀瀃焱圓著眼望向領隊，真是個有獨特想法的女生！嗯，空中交通的確不受阻。

「啊，我叫季芮晨，大家都叫我小晨，我住123房，有問題一樣可以來找我，好歹我是領隊！」她眉開眼笑的說著，然後手機似乎通了。「喂！你們跑到哪裡去了！不是說在大廳集合嗎？」

小晨轉過身無奈的繼續跟團員說話，賀瀃焱則選擇朝外頭走去。

「去哪？」惜風低聲問。

「先去吃飯，順便看看有沒有辦法找到嚮導跟上山的辦法。」賀濡焱也無奈，「非不得已再拜託游智禔去找教會。」

「幹嘛非不得已？」游智禔皺起眉，顯得不大高興。「我現在就可以去找！」

「別。」惜風溫柔的搖了搖頭，「我們不是來玩的，盡可能不要牽連到太多人……因為沒有人知道會發生什麼事。」

如果可以，她也不希望小雪及游智禔兩人與她同行。

到希臘來尋找眾神，死神在西方神名為「塔納托斯」，而唯一能鎮得住祂的，恐怕就只有冥王黑帝斯了。

他們不知道該怎麼找到眾神？又該如何與黑帝斯聯繫，問題是——冥王之神為什麼要見她？她憑什麼召喚人家？

「嗨！」

才出旅館大門，白牆上就站了一個曬成古銅色肌膚的小夥子，衝著他們咧嘴而笑，東方面孔混有西方血統，但是黑髮黑瞳，看起來很有熟悉感。

「嗨！」就小雪會綻開笑顏跟人家揮手，一點都不怕人家有所意圖。

所以惜風連忙把她拉住，免得她好奇的一路走過去。

「才剛CHECK-IN，可以立刻退房喔！」男孩子說著一口流利的中文，「就用他們大罷工當理由退房吧！」

賀瀮焱打量著他，游智禔也審慎的留意周遭，哪有隨時隨地蹦出東方人的情況？男孩用食指帥氣的頂了頂帽簷，朝他們走過來。

賀瀮焱立即上前一步，大手一打橫，將兩個女生都往後壓去。

「有什麼事？」他沉著臉色。

「哈，別緊張嘛，做筆生意！」男孩指了指山下，希臘房子是建在地中海懸崖上，層層疊疊。「我介紹你們民宿住，不但有吃有住，而且要包車找人載送都沒問題！」

咦？這話讓大家心動了！

「不是大罷工嗎？」賀瀮焱蹙眉。

「那是希臘人大罷工，他們欠了一堆債卻不願意還，多勞動一點點就受不了，但我們東方人吃苦耐勞不一樣！」男孩說得自豪得意，「我們照常營業，只要價格您出得起，我們就有辦法服務到底！」

「價格……」惜風聽到了關鍵字，「別是天價啊！」

「天價也無所謂，我不想動彈不得。」賀瀮焱竟然乾脆的點了頭，「你是民宿業者還是中間商？」

「都是，先跟您介紹我家民宿，不滿意我再幫你轉介紹！」男孩一臉喜出望外，急著要往山下跑。「我叫小豆，這邊來！我還可以當嚮導喔！」

嚮導……不好吧？這麼年輕，惜風冷不防打了個寒顫，她真不希望有人因此發生意外。

小雪已經三步併作兩步的跟上前去了，在白與藍的牆前奔跑，眼前是湛藍大海，這裡並不是希臘最美的聖托里尼島，可是愛琴海美景任何一角都美不勝收，實在很不想去理睬身後那些抗議咆哮。

游智禔也不想跟在賀瀟焱身後，看著他攬著惜風的肩頭就不舒服，只能選擇快步往前去，追上小雪再說。

游智禔一往前跑，賀瀟焱突然慢下速度，扣著惜風的肩要她緩緩，眼尾瞥向小徑上的一灘水漬；那是在白牆邊的一小灘水，照理說不需要多加留意，但是接續著這灘水之後，是更多的小水跡，一路蔓延往上。

「怎麼？」惜風順著他的視線望去。

賀瀟焱離開她身邊，彎身察看那水窪，惜風蹙起眉心往遠處看去，那水灘是從山下一路過來的。

「有什麼嗎？」她也凝重了起來。

「嗯，水灘裡有海草，這是海水。」賀濡焱順著水灘的蹤跡望去，「有東西從海裡過來了。」

「海裡的子民不能任意上岸，除非抓到替死鬼。」惜風言之鑿鑿，「這是死神跟我說的，大海不喜歡放過葬身海底的靈魂。」

「對，所以有東西上岸，就表示有人死了。」賀濡焱看著水灘的跡象往上，不免又皺了眉。「妳所謂海裡的子民攀上我們旅館的階梯了。」

惜風暗暗倒抽一口氣，「看來是該換旅館了。」

是否要打開陰陽眼呢？死神給了她兩個「禮物」，一個是能自由選擇開啟陰陽眼，好察看飄浮在人世間的魍魎鬼魅，避免因為與死神過度靠近而產生的「陰之吸引力」。

另一個，是可以看到人的「死相」。

看見那個人死亡時的模樣，只要人一出現死相，對方二十四小時內必定會死亡。

但是現在的她看不見，看到認識之人的死相太痛苦，所以她讓死神給了她一支眼線筆，將眼線畫上眼皮，封印死相之眼，就可以拒絕看到任何一個人的死狀。

「妳不必打開陰陽眼。」賀濡焱在她動作前就出聲，「我看得見就好。」他邊說，一邊凝重的仰望白色階梯上的陰影。

果然有東西從海裡爬進來，看樣子已經進入了那間旅館，他嘆口氣，這裡的磁場已經夠亂了，實在不該再招惹麻煩。

而且，他們也不宜再被捲入任何事端，為惜風解決死神的事才是首要目標，為什麼神祇可以把人類當成寵物般，主宰他們的命運？

惜風不是死神的女人，他也不接受她將被帶向不知名的地獄或是黑暗深淵，死神的世界不是他所能理解的，但是惜風是人，她應該要待在這裡！

「換民宿！」他立即做了決定，「不管多少錢，這裡是不能再住了。」

惜風點了點頭，跟著他一塊兒走去，追上小雪他們。

小豆是這邊的移民第三代，家裡也在市中心街上，前頭是店鋪，後面就是住家，隔壁棟也是自家買下的，擴建成民宿；民宿非常乾淨整潔，沒有什麼多綺麗的風格，但開窗依然可以看見希臘的日落，一樣的白牆藍頂，鮮豔熱情。

開價自然不低，但是卻比旅館便宜而且供三餐，價格對賀濡焱而言根本不是問題，他一開口就包下整棟，讓大家住。

「會不會太大？整棟可以睡八個人耶！」小雪驚呼出聲。

「不會，我想一人一間房。」賀濔燚看了游智禔一眼，「你也是吧！」

「嗯，求之不得。」游智禔別過了頭，他壓根不想跟賀濔燚擠一間。「那個房間的錢……」

「我出就好，是我要包棟的我負責。」他說得輕鬆，走向小豆。「鑰匙必須給我，你們不能任意進出這裡！」

「咦？那打掃呢？」小豆睜著那雙明亮的眼問著。

「有掛牌就是需要打掃，沒掛就是不必，不然就是得我們在的時候清掃。」賀濔燚說著莫名其妙的規矩，顯然從來沒人這樣做，小豆有些困惑。

不過付錢的是大爺，他還是點了點頭，一切照辦。

「早餐與中餐含在住宿裡，不能點餐，就跟我們吃，晚餐必須預約！」小豆解說著規矩，「用餐的話希望到隔壁餐廳吃，我們家開餐館的，廚房在那邊比較方便！不過如果要端過來吃也行，吩咐一聲就好！」

小豆說完便請大家跟他走，先熟悉一下隔壁餐廳的位置。

「有香的味道……」賀濔燚一進門就聞到了，他四處搜尋，在天藍色的木門外，靠地板的地方發現小小的三炷香。

這讓大家都好奇極了，就是平常大家在拜拜拿的香耶，好稀奇喔！

「喂！快點！」小豆探出頭，他們家就在隔壁。

一踏進小豆家，就聞到了更熟悉的味道，賀濪焱三步併作兩步的往前走去，大致上是歐式的建築與陳設，但是卻在靠後門的牆上發現了供桌。

上頭祭拜的佛祖與觀世音，鮮花素果跟香齊全，香看起來才點過，燒到一半而已。

「你們家……信佛？」賀濪焱緩緩開口。

「嗯，阿嬤開始就信佛，我也是。」小豆加強語氣，「我沒有受洗喔！」

踏入後門後一塊空地，四周擺放著架子與儲藏物品，神桌在後門的左方牆邊，中間是備料區，最右手邊是透明廚房，備料區有些架子隔著，剛好與最前方的餐廳區隔開。

他們走進廚房，年邁的老婆婆正在挑菜，她瞇起雙眼望向新住客一行人，綻開親切的笑顏說歡迎。

廚房裡在忙碌的是小豆的母親，中文名字很簡單叫芳，她正在備料，很快就到晚餐時間了。

「有熟悉感？」惜風打趣的問。

「嗯，在國外能看見佛教的東西，真的很罕見。」賀濡焱笑了起來，他還是習慣這香的味道。

小豆的母親出來跟他們打招呼，寒暄幾句，小雪提出交通問題，還有他們想要去的地方——當然還是觀光點。

就說不是來玩的嘛！游智禔歪了嘴，卻看見在神桌上的東西。

「喂，你們看這個！」他口吻很是驚訝，瞪著神桌上的小物品看！

小雪第一個跑過去，也禁不住「咦」了好大一聲，然後愣愣的回頭看向賀濡焱；他皺起眉往神桌靠近，在那神桌上躺著一個小小的綠色布製護身符，精緻簡單。

「啊，那是有客人留下來的，要我們放在神桌上。」小豆不以為意的補充，「說只給有緣人。」

有緣人……賀濡焱不可思議的拿起那護身符前後左右的端詳了一下，悄悄倒抽了一口氣。

「不必看了，這種不會有偽造的啦！」小雪低聲咕噥著，「誰會去偽造一個萬應宮的護身符啦！」

握在賀濡焱手中的護身符，的的確確繡上了萬應宮三個字。

萬應宮是位於台灣的一座小廟，廟雖然不大，但靈驗無比！萬應宮的血親們多少都具有一定的靈力，以收妖伏魔、驅鬼祈福為主業。

而他，是萬應宮現代的傳人，也是數百年來能力最強的一個。

這是阿婆們的繡工，賀濡焱輾轉看了好幾次，不會錯的！

「那……游智禔就是有緣人了吧？」惜風望向了游智禔，「只有他發現這個護身符啊！」

「咦？我？」游智禔尷尬的搖頭，「不必了吧，我好歹是未來的神父……」

「什麼神父，又還不是！」小雪抽過賀濡焱手裡的護身符，就往游智禔身上戴。「當作護身嘛，人家都說佛渡有緣人了！」

「不行，我應該侍奉主的……」游智禔急切的拒絕。

「小雪，別這樣！」賀濡焱勸阻著。

「我又不是叫他信佛教、也沒叫他侍奉觀音還是佛祖，只是戴著護身而已！」小雪說得理所當然，「像項鍊一樣啊，反正你心中有主就是主嘛！」

惜風搖了搖頭，小雪說得是沒錯，但畢竟那帶有宗教象徵，對游智禔來說「視覺」上已經有了歧異。

「給我吧！」惜風朝著他伸手，「介意就別掛了！只是希望你平安……那下一個有緣人就是小雪嘍！」

「YES！」小雪隻手握拳，忙不迭的把頸間那一大串東西拿出來。

她頸子間看起來戴了條粗鍊項鍊，結果底下那可是掛了一大堆東西，應有盡有！從打火機，到各式平安符、護身符到小刀、手電筒一應俱全！

更別說她隨身帶的包包裡，還有個特別訂製的「武器」，上頭也全部經過萬應宮加持與刻咒，威力十足。

瞧她還在找位置掛那個護身符，後頭的小豆看了瞠目結舌，鑽過來硬是多看兩眼。

「哇，妳戴那麼多東西在脖子上不會痠喔？」小豆好驚奇。

「保命時你就不會覺得重了。」小雪認真的回應，惜風白了她一眼，在孩子面前說什麼！

「算了！」冷不防的，小雪手裡的護身符又被抽走，游智禔往頸子間一戴。「惜風說得對，只是個項鍊，我心裡有主便是主。」

惜風泛起淡淡的笑容，她是希望游智禔戴上的，因為看著賀瀃焱，就知道他們的靈力具有相當大的效果；小雪身上的護符也帶著她躲過大小危難，他們之中就屬游智禔的防護最少。

她不是不相信主可能帶給他的力量，可是多一份保護……還是比較好啊！

「謝謝。」惜風笑出一臉溫柔。

游智禔尷尬的別過頭去，「不會」兩個字含在口中說不出來。

賀澲焱挑高了眉，大手又是一攬，親暱的把惜風摟到身邊，像是一種無言的主權宣示。

哇咧，有夠幼稚……小雪扯扯嘴角，平常明明還滿穩重的！

『呀——』

一陣尖叫石破天驚的劃破寧靜，賀澲焱跟惜風同時震顫了身子，下一秒就直接往後頭去，衝出了後門！

但是，這聲驚叫除了他們外，沒有人聽見。

所以當他們衝出去時，其他人丈二金剛摸不著頭腦，呆站在原地！

賀澲焱率先奔出，衝出豔橘色的木門後沒幾步就是女兒牆，眼前是懸崖大海，聲音是從右手邊的某處傳來的！

「妳聽見了嗎？」他轉向追出來的惜風。

「聽見了，好可怕的叫聲……」惜風蹙著眉心，她更訝異的是……「耳膜像是要破了！」

她彷彿聽過那種尖叫聲，就算是慘叫、極度恐懼下的叫聲，都沒有那麼的尖細……啊啊，惜風忽然瞪大雙眼，不可思議的抓住賀瀮焱的衣袖。「我想起來了，是海妖！像海妖的叫聲！」

賀瀮焱立刻遠眺著愛琴海，再回首看著在崖上層層疊疊的民居，他看見的是晦暗猩紅的煙塵，幾乎籠罩著整個雅典。

這不只是靈騷，跟在羅馬時不一樣！

小雪跟游智禔一塊兒追了出來，兩個人也神色莫名。「怎麼了？你們兩個好嚇人喔！」

「咦？你們沒聽見嗎？剛剛那個可怕的尖叫聲？」惜風詫異的問著，從他們的表情就知道，他們沒聽見。

「那叫聲不是人類。」賀瀮焱深吸了一口氣，沉重的開口。「接下來的雅典，只怕會陷入紅色當中。」

「紅色？」小豆聽見跟自己有關的事，立即上前問了。

「鬼、妖精、精靈都在蠢蠢欲動，剛剛那慘叫聲只怕也是哪個精靈受到了傷害……如果精靈都能受到傷害，那表示這個城所有非人的因素都動了起來。」他試著用最簡單的方式說，「人與人之間就容易有摩擦……罷工中說不定會見血。」

小雪愣了好久，才哦了好大一聲。

「你意思是——眾鬼出籠嗎？」

第二章

上岸

小豆帶著夥伴到旅館外幫惜風等人接行李，賀灝焱沒有親自跟旅館爭執退房一事，這方面交給小雪出馬，所有人當中就她英文最溜，叭啦叭啦的講了一籮筐，款不但退成了，她還熱心的跑去找剛剛的領隊季芮晨，跟她「報好康」。

賀灝焱沒有阻止她，這傢伙個性就是這樣，她姊教的嘛！仗義，嗯……

所以當他們搬行李下來時，季芮晨已經在櫃檯跟旅館人員商量了，而小豆也樂不可支，因為小雪又幫他介紹了筆好生意、大生意！

「打折喔！」小雪把行李交給小豆時沒有忘記討回扣，「幫你介紹這麼多人的生意，你要嘛打折，要嘛送晚餐！」

「當然！」小豆跟一群少年們笑得嘴都歪了！

小豆才十六歲就挺會做生意的，附近一票同年齡的人像是他的管轄，他吆喝來當搬運工，還會發放薪水，一群少年年輕有體力，打打工倒是不錯，賀灝焱相當欣賞。

「打工賺的錢要買什麼？」他打趣的問。

「買什麼？」小豆愣了愣，「還沒什麼缺的，給媽媽吧！我可以當作自己賺學費啊！」

他笑得一臉燦爛，搬著行李飛快的往下坡路跑。

「嘖嘖，學費耶！好認真喔！」小雪不免搖了搖頭，「我多久沒聽到這種話了！」

「幹嘛突然感慨起來？」惜風笑望著她。

「因為我們身邊都沒這種人啊！跟父母伸手拿錢天經地義、沒在工作手機費講個八、九百，誰付？要什麼就給什麼，一堆畢業後也在家混吃等死的，好像父母欠他似的！」小雪聳了聳肩，「你看小豆家並沒有過不去啊，但是人家才幾歲？想到的是幫忙，不是說他要打工存錢買哀鳳！」

「可能在異鄉生活，比較懂得珍惜吧！」游智禔幽幽說著，「日子過得太好，或是物質太豐盛，就會不懂珍惜！」

「呵，無所謂。」賀濰焱一臉不在乎的模樣，「反正小雪說的那種孩子，也是他們父母自己種的因，得的果；那些孩子現在浪費的，未來也勢必缺乏。」

橫豎都是自己該承擔。瞧賀濰焱一臉輕蔑之態，看得小雪覺得發冷。

身後一片吵雜，台灣團的人陸續走出，小豆派出的第二小隊正等著接行李呢！

「媽不能下坡，那個佳瑜，妳來揹阿嬤！」一頭捲髮的女人吆喝著。

「咦，我……為什麼不叫小凱！」叫佳瑜的女孩非常高瘦，看起來十一、二歲！

「嗄？」回話的是個小胖子，大概才三、四歲，這麼小又氣喘吁吁，怎麼揹大人？

「我、我揹不動啦！」

「喂，妹妹！不要太超過喔！幹嘛使喚我兒子！妳不會叫妳兒子嗎？」昨天梳包頭的女人今天紮著馬尾，尖酸的嚷了起來。「維維，你要不要揹阿嬤啊？」

「喂，夠了沒？我兒子才幾歲！」曾詩佩身邊站的男孩，最多不超過七歲。「姊夫，你揹一下好了。」

「等等，他脊椎有問題，手也受過傷，怎麼能承受得住！」曾詩玉皺起眉，一臉心疼的望著自己身邊的老公。「不如叫向明吧！」

叫向明的男人，就是曾詩佩身邊那個骨瘦如柴，又乾又癟的中年男子，他倒是沒有拒絕，挽起袖子就要上前揹負的樣子……只是游智禔都皺起眉了，他真怕還沒揹到，那男人腰已經斷了。

「我來好了！我來！」突然跑出一個男孩子，一臉稚氣未脫，看起來像高中生或大學生，走到老人家身邊，拉開嗓門大喊。「阿嬤，我揹妳喔！」

「啊？」阿嬤看樣子聽力不佳，才容得子孫在面前推託。「什麼？」

「我要揹你喔！」男孩更大聲的回應，阿嬤露出有點嫌惡的神色，但還是扁著嘴將身子交給孫子。

「這十一個人看樣子是一家人。」老老小小算過一輪，惜風不禁搖頭。

「是啊，『一家人』。」賀瀮焱冷哼一聲，靠血緣撐起的一家人？還是靠錢撐起的一家人？

兩個女人各有一雙子女，姊姊與弟弟，兩個男孩往前叫囂奔跑，在這不寬的路上玩球，隨便一拋，很容易就把球拋下去，落入海底是遲早的事；兩名母親在後面隨意的制止，一點也不認真，兩個男孩根本沒聽進去。

賀瀮焱將惜風往路邊拉了拉，因為小孩子玩耍起來不長眼，一不小心就會被球打到或是相撞，麻煩的是萬一這孩子受了傷，說不定又是被撞的人的錯——因為他是大人。

「啊——」果不其然，球在大家眼前飛了出去，剛好掠過惜風的面前！

兩個小孩衝過來，看著球掉下去，一臉慌張悲傷加上更多的氣憤！小男孩氣急敗壞的抬起頭瞪向惜風。

「妳幹嘛不接啊！」肥短的小手指著惜風，「都是妳啦！妳把球接起來就好了啊！」

惜風瞪大了眼睛，哇，現在是她的錯了？

「妳為什麼不接球！賠我的球來！」另一個更小的孩子直接動手，推了惜風一把，當然是毫無作用。

但是這舉動惹火了游智禔。

「你們做什麼！路上本來就不該玩球，現在還敢怪人？」他回首向上頭漫步的家長喊著，「孩子怎麼教的啊！一點家教都沒有！」

「游智禔！」賀瀟焱低聲勸阻，「別說了。」

只是根本來不及，曾詩佩拎著一張兇神惡煞的臉走下來，還沒走到就指著游智禔的鼻尖破口大罵。「我怎麼教小孩的關你什麼事啊！只是個孩子嘛，會聽話還能叫小孩嗎？」

「就是啊，奇怪了！那小姐也是，球就在你面前接一下會怎樣？孩子看著球掉下去當然會難過啊！」曾詩玉也為胖兒子丟了球心疼！

游智禔原本氣得要再喊些什麼，但賀瀟焱忽然大手扣著他肩頭，示意他不該再多語，這些寵孩子的家長就是這樣的思想，如果說得通，現在就不會是這局面。

「難道我還要賠你們嗎？」惜風幽幽的說著，「我沒有接球的義務，萬一他們球打到我怎麼辦？」

「問題是就沒打到啊！說什麼廢話！」曾詩佩氣燄囂張的說著，「打到又怎樣？小孩子力量能多大？計較什麼啊妳！」

「喂！至少妳孩子推人，要道歉！」游智禔一點都不想放過他們，才幾歲就懂得動手？

孩子們被罵得一臉委屈，紛紛跑到母親身邊去，推人的孩子更是一臉驚色，抬首打量著惜風，然後一臉心虛的回身跑去。

他一回身，惜風就聽見了滿地的碎石音。

唰……她陡然一僵，聽著細微的石音沙沙傳來，從那奔跑中的孩子身上掉下來。

死意。

人之將死，身上會掉出結晶石，或大或小，通稱為「死意」。自殺者「死意」最大，因為死意多半堅決，而被殺者死意結晶較小，因為帶著不甘願；意外者的死意要看是報復天譴或是命定，死意均有不同。

一般說來，死意的結晶有分大小與色澤，跟寶石一樣還有分等級，她拿過最高等級的是九尾妖狐的死意，被某死神珍惜的收下！因為死意如同死神界中的寶石飾品，人人都愛。

小孩子的死意，也很罕見。

「你們先走吧，我要撿死意。」惜風揚首向賀瀮焱說著。

她想順便抹掉眼線，看看那孩子的死狀，所以不希望知交在場。

這讓賀瀟焱勾起一抹笑，拍拍游智禔要他一道兒走，惜風則拿出包包裡常備的鑷子跟罐子，要仔細挑選適當的死意。

雖然她即將面對命運的選擇點，但還是改不了這習慣。

望著惜風一行人神情詭異、低語又離去的舉動，幾個母親緊抱著孩子，卻不太明白，反正她們贏了就好，孩子怎麼會有錯？誰敢罵她們孩子，她們就跟誰拚命！

「噢，對了。」賀瀟焱走沒幾步忽然回首，對著媽媽們揚起笑意。「想提醒各位一件事，當作賠禮。」

咦？瀟焱？惜風有些錯愕，他們沒有錯，賠什麼禮啊！

「那個……不必啦！」媽媽們還真敢接口，「球再買就有了！」

「我不要！我就是要那顆球！」小凱氣得推撞著媽媽的腿，「妳給我下去撿！下去撿啦！」

「別吵！再買一個更大的給你！」曾詩玉拉拉孩子的手，一臉這孩子真皮的疼愛模樣。

抬起頭，又對上賀瀟焱，他依然掛著微笑。「你們這一家，印堂發黑，命中有煞，出門在外，請小心留意。」

咦咦咦！所有人頓時瞠目結舌，連惜風都暗暗在心裡哇了一聲，這是賠禮嗎？這根本是故意的吧！

游智禔也傻了，被賀濔焱推著往前走，哪有人當眾說出那種話的？這比威脅恐嚇還可怕啊！

「什麼……什麼話！」果然，幾秒鐘後恐懼開始發酵。「那傢伙是怎樣！說話來嚇人嗎！」

「太惡劣了吧！什麼印堂發黑！」

她得撿快一點，要不然等等一定會問到她頭上來。

深紅色的死意，她用鑷子夾著對光照，結晶內有著濃厚的雜質，一點都不澄澈……這是強烈的殺意，那孩子將會因復仇而亡？

等等，惜風往那孩子看過，才幾歲？怎麼會有仇家？

「喂！那是妳男朋友嗎？他那樣說話太過分了吧！」

回首先確定賀濔焱他們已經轉彎失去蹤影，惜風才抹掉單眼眼線，並選擇開啟陰陽眼。

當她再睜眼時，她簡直傻了。

「阿姨，妳在做什麼？」叫維維的小孩走了過來，他的臉部像被利器戳到一般的可怕，右半邊的臉有個大窟窿，肌膚與肌肉被向外撕扯，露出中間的白骨。

頭破血流自不在話下，連全身的骨頭也不正常扭曲。

而且，不只有他一個人。

一堆的石子從斜波上滾下，滾到她腳邊或是滾離他身邊，站在上方的那家人，大部分都露出了死相！

最駭人的並不是他們將葬身希臘，而是上頭那層層疊疊又密密麻麻的……亡靈。

從大海爬出的亡靈身上披掛著海草，塞滿了整條道路，或爬或扣或抱或纏的黏在這群人的身邊。

只有這家人！

一旁有兩對情侶，和領隊，他們身邊沒有任何海之亡靈！

浮屍彷彿感受到惜風正在看著他們，他們緩緩側首，被海泥塞滿七孔的骷髏轉了過來，用一種嫌惡的眼神望向她。

不！惜風緊閉上雙眼，立刻關上陰陽眼，低下頭繼續拾撿滾過來的死意。

濃厚的仇恨、怨念與不解都藏在死意當中啊！

「惜風！妳在幹什麼！」小雪的聲音遠遠傳了過來，帶著奔跑聲。「快來拍照，那邊很美喔！」

叨唸碎唸聲不斷，惜風不加理會，兩對情侶掠過她身邊時竊竊私語，她聽見他們的笑語，悄悄的跟她說：「幹得好。」

「惜風！」小雪來到她身邊，「妳在做什麼……咦？死意！這邊有人會死喔！」

……好樣的。惜風已經完全無言。

小雪直覺的往前方看去，正巧對上那一家臉色越來越慘白的家族，前一個說印堂發黑又帶煞已經很難聽了，這一個直接說有人會死？

「胡說八道什麼！呿，這幾個年輕人腦袋都有問題！」曾詩佩一一怒視著他們，小雪只是聳了聳肩。

惜風的死意沒出過錯，二十四小時內，那家人一定有人會掛點。

她蹲下身陪惜風，她緊閉起左眼，拾撿差不多後就把東西收好，然後叫小雪閃遠一點，她得補眼線。

「你們說的是真的還是假的啊？」冷不防的，領隊突然站在他們身邊。

小雪笑著打招呼，「什麼真的假的？」

「剛剛那個高高帥帥的男生說那家人命中有煞，妳又說有人會死……」她一臉如喪考妣。

「咦……我如果說假的妳會信嗎？」小雪好認真的問。

嘖！惜風補好眼線才轉過身，她剛剛也沒仔細看領隊二十四小時內會不會出事，事實上她只是匆匆一瞥，不忍看得仔細！

「至少妳身後沒有鬼纏身，妳大可以放心。」惜風拉拉小雪，該走了！

「哎喲，我寧可是我被纏身啦！」季芮晨悲哀的叫了起來，「他們有事，不就等於我有事嗎！」

呃……對厚，她是領隊。

「好煩好煩！」季芮晨噘起嘴，踱著步往前走。「我怎麼這麼倒楣啦我！快點把煞都給我！鬼都過來，拜託拜託！拜託拜託！」

瞧著她邊唸邊走，小雪跟惜風驚訝不已，這個女生……還真是非常非常獨特啊！

沒時間跟這堆人抬槓，小雪直說前頭有個景很美，要拉著惜風去照相，誰叫男生們都不照。

惜風知道他為什麼不照，佈滿山城的亡靈，照起來成什麼樣啊！

但是拗不過小雪，賀瀮焱雖然不拍，但是樂意幫他們拍，後來在小雪的起鬨下，游智禔也才一起入鏡。

惜風盡可能玩得開心，因為每一刻都可能是她的最後一刻。

小豆去忙著幫季芮晨分配民宿，惜風他們算偷得浮生半日閒，小萌樂得在街上奔跑曬太陽，賀瀮焱就看牠來來回回在亡靈裡穿梭，像挑菜單一樣的搖搖頭，最後一路呸呸呸的走出來。

『喵難吃！沒好貨色！』

「別挑，我覺得晚點有很多好吃的。」賀瀮焱趴在牆邊，很悠閒的吹海風。「所有的妖精都在蠢蠢欲動。」

『喵～』小萌發出興奮的叫聲，好多好多可口的妖精可以吃呢！

男女後來分開走，小雪跟惜風到處逛，這兒許多店家都會把紀念小物擺在門邊或窗邊，看到喜歡的就停下腳步，恣意挑選；小雪正拿著一本筆記本端詳，惜風只是陪著，她暫時不想買東西，因為回不回得了台灣還是問號，買什麼都是多餘。

突然有什麼戳了戳她，惜風回身，是個年邁的老婆婆，拿著一個紀念盤朝她推過來。

「呃……不必……」她客氣的搖了搖頭。

老婆婆手拿一個銅色的盾形紀念盤，有著復古的味道，上頭還貼了張價錢，其實並不貴。

「哇，好特別的紀念盤喔，很有古董的味道耶！」小雪湊了過來，「咦？兩歐元很便宜啊！」

「是這樣沒錯……」惜風蹙眉，不是錢的問題，只是她……還在遲疑，老婆婆竟然雙手合十的表現拜託的模樣，看得她於心不忍。

「好，謝謝。」她拿出兩歐元，買了一個直徑有十公分的紀念盤。

老婆婆開心的用紙包好，還附了架子，又提著袋子蹣跚的離開，去找其他的客人。

「很便宜啦，又大又亮，我看還可以當鏡子呢！」小雪正在結帳，她買了一些筆記本跟小冊子。

的確很特別，惜風拿著不算輕的紀念盤左右晃著，其實還滿有仿古風，重點是不算貴，一個才兩歐元卻辛苦這老人家在路上販售。

兩個女孩持續往前走，一邊走一邊拍，小雪像想把這景色裝箱帶回家般的興奮。

「那位小姐，妳正在命運的分歧點上。」

隔壁傳來溫婉的聲音，惜風下意識的後退兩步，發現隔壁屋子前的小空間，有人正在做占卜生意。

有兩對情侶正在那兒問事，惜風認得他們，正是剛剛那個台灣旅行團中，唯二不屬於那家人的團員。

坐在桌子另一邊的占卜師看起來非常美麗，之所以說「看起來」，是因為她雙眼像是看不見、或是製造某種氣氛，以金綠色的絲巾覆住雙眼，紮在髮後。

桌上有基本的塔羅牌跟水晶球，其中一對情侶甜甜蜜蜜的想問事，而占卜師卻抬首看著她的方向。

「命運已定。」她用清楚的英文對著惜風說，「妳很難跟命運抵抗的。」

兩對情侶回首看著惜風，他們當然也認得這是剛剛跟那家人起衝突的旅人。

「抽張牌吧，小姐，免費。」她俐落的將撲克牌攤在桌面，請惜風過去。

小雪推了推她，聽見免費橫豎都要試一次嘛！

「我……」惜風很遲疑，因為她不喜歡占卜師說的話。

「就抽一張嘛，難得占卜師免費要幫妳呢！」坐在椅子上的短髮女孩子站起身，將她往前拉。「就一張牌，她好厲害喔！明明蒙著眼卻真的看得見！」

占卜師剛剛把她叫住，說她的鞋帶快斷了相當危險，她半信半疑的低首檢查，發現楔形鞋的鞋帶真的快要斷裂，那是主要的支撐點，萬一剛好是小跑步，鐵定會摔一大跤。

惜風深吸了一口氣，望著桌上一列牌，遲疑著卻還是任意抽起了一張。

占卜師翻開牌面，那張牌居然是空白的，她用手在上頭輕輕滑動，像是已經讀懂上頭是什麼似的。

「很抱歉，妳無法逃避的。」她語重心長的說著，「他一定會帶走妳，任何人都幫不了妳！」

什麼？惜風很想說這只是瞎猜很巧合，但是為什麼這個占卜師會說出「帶走」的字眼？彷彿她知道她身後有個死神、知道有賀濡焱在試圖阻止這一切似的！

惜風咬著唇，慌亂的甩頭就走，她不想聽這種占卜，不該把她的希望全部抹除！

「怎麼了？很準嗎？」情侶看見這情況，根本是立刻坐回占卜師面前。「我要問！我要問！」

哎呀！哪有人話說這麼明白的！小雪緊張的趕緊往前追，那占卜師也太神了吧，話講到這麼精準，說得好像死神一定會帶走惜風似的。

為什麼要帶走一個普通人呢？她到現在還是百思不解，神這麼多，就不能挑一個神？非得打亂一個人的人生嗎？

「小雪！」小豆突然從岔路衝出來，嚇了她一大跳！「你們想不想吃冰啊！」

「哇啊！你嚇死人啊！」小雪沒好氣的唸著，「什麼我們，就剩我一個了啦！我要去找惜風！」

「冰給妳吃！」小豆手裡抱著一堆冰棒，就往小雪手裡塞。「很好吃喔！」

「喂……喂！」根本不等她說什麼，小豆又飛奔向外去工作了！

她一個人怎麼吃這些冰啦！而且又不知道賀瀮焱跑哪裡去了、游智禔也是……現在連惜風都跑掉，厚！她先帶回民宿嗎？

小雪眉頭都皺成一團，才赫然想到——等等，什麼時候只剩她一人？左顧右盼，他們一行四個人什麼時候分得這麼散？民宿的方向在哪裡？她都搞不清楚了！

小雪意圖往前追上小豆，一跑到大路更糟，別說沒瞧見小豆身影，大批人潮在路上行走，希臘人正討論著罷工的細節，她根本分不清東南西北！

有種不安感竄上，她討厭這種感覺。

「小萌！小萌！」至少小萌在外面趴趴走吧？

還是先回到剛剛那裡，向占卜師問路不知道要花多少錢？小雪一咬牙趕緊從巷子裡鑽進，往回狂奔，朝著剛剛買紀念品的方向——卻看不到占卜師的蹤影。

咦咦？小雪開始感覺到不對勁了，她左顧右盼，往旅館的方向去好了，至少她知道怎麼從旅館走到民宿。

『冰……看起來真好吃。』正急著趕路，耳邊突然有人幽幽開口。

什麼？小雪偏過頭往身邊看，看見一個美麗的棕髮女人，幾乎是貼著她……飛在半空中，雙眼望著她手上的冰。

哇！小雪立即煞車，搞什麼鬼！她止住步伐，看著那女人差點飛過頭，接著又輕巧著陸，朝著她走了過來。

「喂……」她立刻往頸間探去，她有護身符喔！「別過來！妳是什麼東西！」

『我想吃冰。』女人這麼說著，她身上根本衣不蔽體，超性感的……不，這不是重點。

「冰……」小雪望著手裡的東西，趕緊朝她扔去！

女人接到了冰棒，泛出欣喜的笑容，歪了頭朝著她道謝。『謝謝妳。』

「不客氣。」她蹙眉，這個不是鬼吧？看起來超正的！

『為了答謝妳——』女人突然將手伸了起來，直指她的身上。『那裡——』

小雪忽然感覺到後頸一陣濕涼，她愣愣的回首，一個巨大醜惡的傢伙隨即映入她眼簾，張大的嘴裡佈滿尖齒與惡臭，她發誓還看見齒縫中有著肉條！

左右兩側各一隻，那怪物是攀上來的啊！

「哇啊啊啊！」

※　※　※

「咦？」惜風好像聽見小雪的叫聲，她連忙到窗戶旁邊張望，但只看見海面上的太陽，附近沒有人影。

她才剛回民宿房間，那占卜師的話簡直是魔魘，她討厭算命，命是能夠被算的嗎？一張紙卡就妄想決定她的命運，她還沒有努力到最後一秒鐘，誰也不能論斷最後的結果。

她是要來找黑帝斯，希望祂能管束旗下的死神，不該任意操控人類的命運。

樓下傳來聲響，她的房間在三樓，所以惜風開了門往樓下看去，想是小雪或是賀瀮焱回來了吧？

「誰？」她邊下螺旋樓梯邊問著，「小雪？游智禔？還是濰焱？」

從樓梯縫隙中可以看見影子，但是卻沒有人回話，惜風狐疑的加快腳步往下走，但是當她走到一樓時，卻什麼人也沒瞧見！

不可能！剛剛明明有人的……惜風順手拿過一旁的掃把當武器，這一樓多大？就一個正廳加小餐廳，不該有人能躲藏，可是往門口望去，門看起來關得很牢，不像有人又跑出去過。

門？剛剛有人進門的聲音嗎？她好像沒有聽見啊！

一瞬間，一股強烈的壓力突然自後頭襲來，惜風倒抽一口氣，她感受到空氣急速的降溫，冷冽感襲入胸臆，她腦子才在大喊著不可能，頸子間已經被冰冷全數包覆。

『妳在等誰嗎？』

第三章

巧合

有別於外頭的豔陽高照，在舒適的民宿中，惜風被大手緊緊扣住頸子，另一隻手被攬住了腰際，緊緊貼在如冰塊般的男人懷裡。

她雙眼瞠圓，腦子裡不停閃過不可能不可能不可能的吶喊，但是她呼出來的白氣代表了一切——死神在這裡！祂追過來了！

『妳居然跑到希臘來……來做什麼？』低沉的嗓音在她耳邊問著，『我才離開，妳就跟著飛離台灣了嗎？』

「我……來玩。」她根本不想回答祂的問題！為什麼祂會追過來！「你不是……在開會嗎？」

『是。』祂幾乎貼著她的臉頰，『但我在希臘開會，妳一抵達我就知道了。』

在希臘開會！惜風差點沒驚叫出聲，死神大會在希臘舉辦，為什麼當大家說要往希臘來時，小萌一個字都沒提！

祂就在希臘……這不是羊入虎口嗎？別說是她連一點喘息的機會都沒有，就連小雪、游智禔甚至瀰猋……大家都有危險了！惜風暗暗握拳，她覺得全身的血液都快結凍了。

『跟誰……妳又跟賀瀰猋一道出來？』死神往四周繞了一圈，『還有小雪跟那個游智禔。』

「只是一塊兒出來玩而已，你不要……多想。」她覺得自己在說謊，說不定祂根本聽得出來！

『我以為妳知道我在希臘，特地過來找我。』死神聲音裡還有點落寞，因為小萌該知道死神在哪裡開會。

惜風痛苦的闔上雙眼，她怎麼可能特地過來找祂？祂真的以為她會做這種事嗎？頸部的手突然鬆了，她全身都在微顫，緩緩回過身，那深黑斗篷的惡夢果然就在她眼前，跟在台灣時一樣，祂並沒有遠離她，在她身邊繞轉著。

祂在希臘……小萌隻字未提，根本是把大家往死裡送！

『我還有會要開，這兩天妳還是要注意點，希臘並不平靜。』死神在房裡踅步，『希臘的死神正隨時待命。』

「海裡有亡靈上了岸，整個希臘給我的感覺很悶。」惜風幽幽的回著，想趁機知道這裡的狀況。

『亡靈嗎？有可能，呵呵……』死神逕自笑了起來，『死神都集中在這裡，給予黑暗世界極大的力量，要不風雲變色也很難，現在可以說是希臘最陰暗的時候了！』

惜風聽出祂話裡的涵義，因為死神都聚集在這裡開會，所以……那些亡靈會得到增幅般的力量，才能夠這樣上岸？

但是那些亡靈很詭異，他們辛辛苦苦的爬上岸，進了旅館……卻又跟著那家人出來了……只跟著那家人？

『妳不必擔心，妳是我的人，在這死神遍佈的地方，那些亡靈動不了妳，再厲害也不敢傷妳。』死神彷彿驕傲般的笑著，『我該走了，也不能出來太久。』

「嗯。」她只是點頭。

『惜風。』死神倏忽來到她面前，冷不防的扣住她的下巴向上抬。『時間快到了。』

「咦？」她狠狠倒抽了一口氣！

『妳越來越美了，我想要讓時間就此停留。』祂手指的冰涼透過下巴，幾乎要凍僵她的腦子。『明晚，等大會結束後，我要談談帶妳走的事。』

她忍不住微顫身子，悲傷之情湧了出來，抬起的雙手忿忿的推開了祂！

「我不要！」她放聲大叫起來，「我不要我不要！我不會跟你走的！你為什麼就不能放過我！」

摀住雙耳，她其實一點都不想聽死神的回答，祂的答案千篇一律，總是說：是她選中祂的！

她才沒有！那只是一個求救的過程，一個無助的女孩在生命被威脅之際的吶喊與求助，那不是什麼選擇！

門砰的一聲被打開，急切的腳步聲伴隨著呼喚聲一塊兒傳來：「惜風！」

灝焱！惜風嚇得趕緊抬首，這時候他不該進來的——她猛然往前一瞧，黑色的身影已不復在，氣溫也逐漸回暖，祂……走了。

賀灝焱一踏進屋子就發現不對勁，那空氣中殘留的冷冽讓人直打寒顫，不只是溫度的緣故，而是一種氛圍……那是種絕望、孤獨且寒冷的悲傷感，縈繞在這整間屋子裡。

無名火竄了上來，賀灝焱雙拳緊握，擰著眉心打量屋裡。

「祂在這？」這話咬牙切齒。

惜風有種虛脫感，緩緩的站起身。「嗯，剛走。」

「祂為什麼會在這裡？」賀灝焱不可思議的低吼出聲，「祂追妳過來？不……妳說祂有七天大會的！」

惜風望著他，剛剛悲憤的淚水這才滑出眼眶，勾了抹苦笑。「祂在這裡開會！死神在希臘開會啊！」

賀濡焱腦子裡瞬間一片空白，她與祂在同一塊土地上——「小萌，小萌！」下一秒，他就咆哮著藍貓的名字。

剛剛放小萌到處跑，所以屋子裡沒小萌，看樣子牠一時也不會立刻回應！

「該死，我就覺得那隻貓有問題！牠明知我們要到希臘來，卻半句不吭！牠不可能不知道大會在希臘開！」賀濡焱氣得踹了桌子兩腳，「牠到底是何居心！」

惜風難受的坐了下來，倒了杯水，她連握著杯子的手都還在顫抖……要不要讓賀濡焱知道死神對她說的話？大會結束後，祂要「談談」？

距離大會結束，只剩下……一天。

明天晚上，說不定就是她人生的終點了。

「喂——」又一陣腳步聲奔來，是游智禔。「你們剛剛有沒有聽見叫聲？」

「什麼？」賀濡焱火氣正大。

「我好像聽見小雪的尖叫聲！在旅館那個方向！」游智禔手裡還拿著相機，他也是拍照拍到遙遠的地方去了。

餘音未落，賀濡焱跟惜風下意識對看一眼，兩個人同時跳了起來，現在沒有時間去深思死神的問題，因為小雪那個全身上下都掛滿護身符的傢伙，怎麼可能會尖叫？

三個人一起往外頭衝去，從這裡到最高處的旅館有一大段距離，惜風滿腦子想著該不會死神對小雪做了什麼事以示警告吧？因為在祂出現之前，的的確確聽見了小雪的尖叫聲。

從矮處往高處看，就可以看見一大群人圍在那兒，這跟看熱鬧的情況太像，那邊絕對是出事了。

「這邊這邊！」還沒跑到，遠遠的小豆就看見他們了，雙手高舉交叉，揮了又揮。

看見小豆對著他們揮手，惜風心又涼了一半。

只是再往上跑個彎，就看見小雪一邊吃著冰，一邊踏著輕快的腳步走下來了！

「惜風！」看見惜風還會笑咧！

賀澟焱緊皺起眉奔上去，頭一次發現她平安無事卻覺得滿火大的！「妳搞什麼？剛剛是妳在尖叫嗎？」

「嘿呀！」小雪把手裡的冰遞上前，「小豆剛剛給我的，快融了！好吃耶！」

她手裡躺著兩支冰，不過這邊有三個人。

「吃妳個頭，剛剛發生什麼事！叫得這麼大聲！」賀澟焱沒好氣的瞪著她，還吃冰！

她眨了眨眼，眼尾瞟向小豆，有些事現在不好說吧？

「小雪被嚇到了，有具屍體被海浪沖上下面的岩石，海防要去收了！」小豆一臉興奮的幫小雪解釋，「大家都嚇到，因為很難得會有屍體被沖上來呢！」

屍體？惜風挑了眉，看來小雪遇到的事是更進階版了。

「我們先回去啦，我再說給你們聽！」小雪急著催大家快走，一臉此地不宜久留的模樣。

小豆說了YES後，非常愉快的又往後去看熱鬧去了，小雪把快融掉的冰發給其他人，結果只有游智禔願意接受。

現在觸及那個溫度，只會讓惜風跟賀瀮焱感覺火大而已。

小雪帶著驚魂未定的聲調述說她剛剛遇到的事，從跟惜風分開之後，她就像迷路般的想回去找占卜師，結果占卜師居然也失蹤了！那時她就覺得怪怪的，似乎陷入了鬼打牆的世界，所以決定回到旅館重新找路。

此時，偏偏有個棕髮的正妹跟她要冰吃，而且對方根本不是人，是用飛的……可是長得真的很溫柔可人，也不像是鬼，她把冰扔給對方後，對方舉起手指向她的後方。

「兩隻鬼，而且是很嚇人的鬼，全是泡水屍，又青又紫，肉都泡爛了，而且牙齒跟指甲都很尖銳，可能是所謂的厲鬼，張著嘴就想從我頭咬下！」小雪進了門，撈空倒了杯水，一點都不理游智禔聽得正緊張。「結果他們只是找人。」

這句話讓三個原本神經緊繃的人不免一陣錯愕，「找人？」

「對，但是我聽不懂！」她聳了聳肩。

「到這裡來找人？」游智禔有些默然，「可是那具屍體又是怎麼回事？」

「那個正妹呢？她做了什麼嗎？」惜風關心的是莫名其妙飛翔的女人。

「噢，她原本以為那兩隻是壞的，把其中一隻打落海底，後來及時聽出第二隻說話的聲音，說的不是英文，但正妹沒再傷害對方！」

「然後呢？」惜風鬆了一口氣，至少小雪目測起來毫髮無傷。

「然後正妹消失了，那隻鬼也就往另一邊爬去，緊接著很多人就圍過來了……嘿，歹勢，我叫得太大聲了，那時嚇死了嘛！」小雪咯咯笑了起來，一點都不像是嚇過的樣子。

「所以，那隻亡靈上了岸，現在在街頭遊蕩嗎？」游智禔神色凝重，他認真的想去祈禱。

「嗯。」她點了點頭，「還有一件事情……等群眾聚集後，我很確定那個占卜師真的不見了！原來的地方、賣紀念品店的隔壁，但她就是消失了！」

「占卜師？」賀濔焱漏了這一段，「什麼占卜師？」

「就是一個蒙著眼睛，感覺很厲害的塔羅牌占卜師！」小雪悄悄的看了惜風一眼，她就站在賀濔焱的背後，偷偷搖著頭。「台灣團的兩對情侶剛剛在那邊算命，下一秒我去時連桌子都不在了！很詭異！」

惜風微微一笑，暗自跟小雪比了一個讚，謝謝她的隱瞞。

「死神說了，這裡現在是死神聚集地，黑暗力量會倍增，所以亡靈們得到了很大的力量。」她順著接口，「我看妳說的亡靈、妖精妖怪蠢蠢欲動也是這個道理。」

「死神？」小雪愣了一下，「祂在這裡？」

賀濔焱嘆口氣，又解釋了一遍，讓小雪跟游智禔都瞠目結舌，不敢相信跟死神在同一塊地上。

而賀濔焱卻開始思索那具被沖上岸的屍體。

游智禔眉頭深鎖，死神匯集絕對不是好事，如果真的又是集黑暗之大成……這不好，他是否該聯絡教會，一定要在發生事情前做防範才對！

即使宗教不同，但也是侍奉上帝……

「我大概知道那具屍體的意思了！」賀濡焱忽然深吸了一口氣，「那是象徵，是亡靈在通知某些人！」

「通知？」小雪起了雞皮疙瘩。

「通知某些人：他回來了。」賀濡焱臉色凝重，「大海把屍體還回來的比例非常少，有人幫著亡靈上岸，也把屍體推回人界。」

「這像惡魔做的事！」游智禔緊握著十字架。

「惡魔？」賀濡焱瞥了他一眼，冷笑起來。「游智禔，我只怕對那些亡靈下殺手的人，才叫惡魔吧！」

「下殺手？你什麼意思？你是說那些亡靈是被害死的？」游智禔嚴肅的望著他。

「就算不是直接殺害，也絕對有關，亡靈不會無緣無故以憤怒心情上岸。」賀濡焱開始在房裡踅步，「我們不只有死神要對付，對應亡靈厲鬼也要小心，還有妖精類——小萌！」

他突然大吼，嚇得一屋子人都跳了起來，小雪沒好氣的打了他，幹嘛突然這麼大聲啦！

游智禔已經虔誠的在唸禱詞，小萌叫半天沒回應，賀濡焱回頭看向惜風，要她呼喚。

「小萌！」惜風開口，到門邊去呼喚。「小萌，回來了！小萌！」

鈴鐺聲終於由遠而近，惜風有些狐疑鈴聲來源，因為不是在左右路上，而是在她的……上方？

抬頭往上看，可愛的俄羅斯藍貓低下頭，正站在屋簷上俯視著她。

但是在牠身邊，又竄出其他的貓，一隻接著一隻，不僅瘦骨嶙峋，還無毛腐肉，那些根本不是活著的貓！

「什麼！」她下意識的先鑽進來，小萌也跟著躍了下來。「那是什麼？」

『喵喵。』小萌大搖大擺的走了進來，一堆貓靈跟著牠身後躍下，連好奇走進窗邊看的小雪都矮油的喊了起來。

「那都是死掉的貓嗎？」真可怕，爛成一堆了。

『喵從墳裡爬起來的，從水裡游上來的。』幸好只有小萌一隻走了進來，其他的貓靈就跳上外頭牆垣，立在那兒不動，一整排看起來真令人不舒服。『死神之氣在影響這個大地，原本不會醒的人都爬出墳裡了。』

「祂們是來開會還是來製造麻煩的？如果死人也爬出來怎麼辦？」賀濛焱不滿的抱怨著，簡單來說，這群死神讓這裡成了極陰之地，給予死靈力量，甚至極易讓他們無所畏懼！

『有事未了的人才會現身，安詳離世的魂魄不會受到影響的。』小萌跳上桌子，尾巴正在亂掃。

惜風定定的望著牠，牠那綠色的雙眸也看向她，她有好幾個問題想問，甚至也想把小萌趕出這裡。

「為什麼不說死神大會在希臘開？」她有些無奈。

『喵又怎樣？橫豎也是得過來！』小萌無所謂的模樣，『無論如何妳都逃不過，要找眾神也非得來這裡不可。』

「但妳可以提醒，至少我們有個底。」賀瀰焱冷冷的瞪著牠。

『喵不想。』小萌高傲的昂起頭，『喵不喜歡多嘴！』

「妳——」賀瀰焱緊握飽拳，「妳到底是站在誰那邊的？」

八隻眼不約而同的看著餐桌上那小小的貓，小萌明顯睨了他們一眼，冷不防的往一旁跳去，跳上了樓梯石欄，咻咻咻的往三樓躍去。

『喵只站在喵這邊。』

扔下最後一句話，小萌順著螺旋梯上了三樓，明擺著不想理睬他們。

一樓氣氛陷入沉悶，死神在希臘的事比亡靈蠢蠢欲動讓人更心驚膽顫，因為亡靈不會對他們怎樣，冤有頭債有主，但是死神……就不一樣了。

「祂還在開會，大家不必那麼緊張。」惜風率先站了起身，「耗了這麼久，一頓飯都還沒吃到，我餓死了。」

小雪眨巴眨巴的望著她，最後劃滿了笑容。「我也是，我們先去隔壁找飯吃吧！」勾過惜風的手，兩個女人吆喝著男人們，急著要往外頭走去。

賀濂焱只有嘆口氣，這是場硬仗，只是沒料到這麼快就要面對、一旁的游智禔緊握著十字架，神色凝重至極。

「我想等一下先去教會一趟。」

「嗯，無所謂。」賀濂焱微微一笑，「向你的上帝祈禱大家都能度過這一關吧！」

「不。」游智禔堅決的搖了頭，「我只祈禱惜風能夠脫離死神的掌控。」

隨便。

賀濂焱無謂的笑了笑，拉門而出。

游智禔憂心的緊皺起眉，天曉得他一顆心跳得比誰都快！為什麼死神會在這裡！惜風是不是剩下的時間不多了！

他十指交扣包握，誠意的祈求著，主啊，請保佑惜風！請保護她！

他正後方的樓梯扶欄上，端坐著優雅的俄羅斯藍貓，牠的眼神瞬也不瞬，迸射出金色光芒，凝視著他的背影。

第四章 潛襲

晚餐他們選擇在小豆的餐廳吃，道地的希臘菜餚：大量的麵包羊乳酪沙拉、舒瓦拉奇捲餅、羊肉慕莎卡……，這天來吃飯的人非常多，或許是感覺到明天開始進入大罷工時期，得趁能吃好料時多吃些。

小豆晚餐時間就在餐廳裡跑堂，他是非常稱職的服務生，即使很多人都帶著不悅的心情來用餐，他依然笑容可掬。

餐廳氣氛不佳，除了當地人在高談闊論讓他們變得辛苦的債務外，還有那個台灣旅行團……畢竟是小豆的客人，自然會到他家餐廳用餐，這叫肥水不落外人田。

從餐廳正門進來，那家人坐在右手邊角落的併桌，兩對情侶則坐在最左邊靠牆，區隔得非常開，惜風他們坐在中間靠左的位子，其他桌次多是義憤填膺的希臘人，這用餐環境實在一點都不優，還讓人越來越不耐煩。

最讓人不舒服的，就是超惹人厭的那家人！

「這個好難吃喔！我不喜歡！」小胖子拿著刀叉開始敲盤子了，「我要吃炸雞塊！雞塊！」

「別敲！這樣會吵到別人！」曾詩玉敷衍式的說著，也沒拿走他手上的餐具。

「我要吃雞塊啦！」小凱還在盧。

「我想買剛剛看到的車車！」維維正在嘛著嘴要禮物，「剛剛那個車車！」

「你車子很多了，不要吵。」曾詩佩塞一根薯條進去，維維呸了好大一聲，把口水都呸出來，將薯條往地上扔去！

「欸，你這孩子！」曾詩玉怒目瞪視著，但很明顯的孩子完全沒在怕。

小豆笑吟吟的走了過來，順手撿起地上的薯條，彎腰輕聲說著：「怎麼啦，不喜歡薯條，那想吃什麼呢？」

「啊，有沒有炸雞塊那種的？」曾詩玉搶了白，曾詩佩睨了她一眼。

「呃，我去跟廚房問問看，但不能保證喔！」小豆賠著笑臉，毫無慍色。

「姊姊，有沒有搞錯，到希臘來了還吃炸雞塊，妳也太寵小孩了吧？」曾詩佩冷冷的說著，「要什麼給什麼，這樣以後他會貪得無厭的！」

「這妳不必擔心，還是管好妳家的維維要緊，我看他明天會為了要買那台車子，把希臘都翻過來——」曾詩玉跟著冷笑一抹，「不過妳應該沒忘記希臘明天罷工吧？明天就買不到了！」

曾詩佩怒眉一揚，卻用手肘推了身邊的老公，催促他快點去買啦！要不然明天寶貝會吵一整天的！

大長桌的主位坐的是年邁的阿嬤，坐在她兩旁的是早上揹她的少年，還有一個乾瘦的女人，女人正把麵包撕成小塊，放進湯裡，附在阿嬤耳邊交代著要慢慢喝。

「嗨，有什麼缺的嗎？」小豆轉悠到他們這一桌，依然開朗。

「我真佩服你還笑得出來。」游智禔搖了搖頭，「這裡的負能量真大！吵死人了！」

「哈，沒辦法啊！希臘人懶惰成性，要高福利卻要少做事，大懶鬼一個，現在還在抱怨債務的事，明擺著就是要別國幫忙解決債款！」小豆露出一臉嗤之以鼻，勤快的他不能苟同這種生活模式。「那邊的台灣團呢，好像有點怪怪的，可能是有小孩子比較沒辦法！」

他笑著這麼說，又往別桌去。

「最好是沒辦法。」賀濡焱擰起眉，都說有煞了，怎麼這群人忘得這麼快？

他回首往右邊的長桌看去，曾詩佩一對上賀濡焱的臉，立即低下頭來，神色略顯慌張，接著和桌上的人交頭接耳，紛紛往他這兒看了過來。

這時的確安靜很多，賀濡焱劃上微笑，幸好還記得。

「賀濡焱，你早上亂說的嗎？」游智禔露出不以為然的表情。

「我不會拿這種事開玩笑。」賀濡焱笑得讓人毛骨悚然，「那家人已經被纏上了。」

小雪吃飯一點都不專心，吃到一半突然拿起酒，就跑到左前方的情侶桌去搭訕哈啦，惜風低聲說小雪是因為想知道占卜師的事，為什麼才幾分鐘光景，情侶們跟占卜師會都不見了。

結果不只小雪到處哈啦，台灣團領隊在舉杯跟團員們道歉，罷工無法預料之後，居然也走了過來。

「妳臉色真難看。」賀瀰焱打趣的望著她。

「你們早上說了那些後，我超級掛心的……」季芮晨無奈的搖頭嘆息，「不過我現在越來越泰然了，出什麼事我就當學經驗好了。」

「妳這團好像幾乎都是家人啊……人數也不多。」

「是啊，很可怕的家人。」領隊面對著他們，用嘴型說著。「每個人開口閉口都是錢、房子、財產……我聽了頭都暈了。」

游智禔好奇的問了一下關係，結果最年長的阿嬤是媽媽，兩個女兒就是老大曾詩玉，跟一臉刻薄樣的曾詩佩，兩個女人專寵么子，上頭兩個小姊姊都被使喚來使喚去，現正安靜的吃著飯；老公們似乎都沒什麼地位，也是保持沉默一族。

至於坐在阿嬤身邊的那對是母子，季芮晨低聲說著，整個家族地位最低的就是他們，女人是弟弟的妻子，從桃園機場一路被罵到希臘，連她都快聽不下去了。

家族喔……賀潺焱忖度著，那怎麼沒看見所謂的弟弟呢？

「林琬淳，小心不要讓媽噎著了啊！」曾詩佩又出聲了。

「沒有的，我有讓媽慢慢喝！」乾瘦的女人趕緊答腔。

「你們兩個好好照顧阿嬤啊！真是的……你們真有臉一起出來！」曾詩玉這句話說得音量剛好，大概是老者聽不見，但是讓整桌人都聽得清楚的聲音。「賠了這麼多錢，還敢參加家族旅行。」

「反正說好了，遺產最後要扣掉小弟賠掉的那些錢，你們母子不要想太多！」曾詩佩也叨唸著，「媽也真是的，為什麼這麼疼小弟，一出手就是三千萬，全賠光了找誰要？」

「嘖！」丈夫有些不耐煩的輕嘖一聲，「妳們不要在吃飯時談這個嘛！孩子都在！」

「他們聽不懂啦！我又沒說錯，媽借小弟投資的錢根本血本無歸，小弟還搞失蹤，結果丟下老婆跟兒子回婆家當寄生蟲？」曾詩玉說話毫不留情，那桌氣氛變得很僵，害得季芮晨完全不敢移動腳步。

「不然咧？要他們流落街頭嗎？」曾詩佩的老公懶洋洋的說著，「好歹是弟媳跟外甥，計較什麼？」

「我們家的事你少插嘴！」老婆狠狠一瞪，「這關係的是我們家的財產你懂嗎？媽就獨寵弟弟一人，腦子根本不清楚……」

一連串碎碎唸展開，坐在老者左手邊的男孩始終不發一語，但是臉色非常難看，偶爾抬首看著自己的姑姑，眼神無法掩飾的流露出極端厭惡。

反倒是他的母親始終低垂著頭，細心的照顧著婆婆，只是老者似乎不太喜歡被這對母子照顧，總是摔湯匙或是推開水杯，臉色好不到哪裡去。

家家有本難唸的經，這個家的應該特別難唸。

「妳站得不累嗎？」賀濰焱憋著笑，望著動也不動的季芮晨。

「你很煩耶！」季芮晨咕噥著，「欸，你是什麼通還是道士嗎？為什麼知道他們有煞？」

惜風噓了一口口水，賀濰焱最討厭別人把他當道士咧。

「妳要我幫妳看看嗎？」他果然挑高了眉。

「別別別！我等著處理他們就來不及了！阿彌陀佛！」季芮晨雙手合十，一溜煙回到自己孤獨的小桌子去。

小雪看季芮晨閃人了，也搖著空酒杯回來，但是居然沒有如同往常般的神秘開口，說她調查到了什麼。

「怎麼了？」反而是惜風問了。

「咦？噢，沒什麼事啦！」小雪聳了聳肩，「他們說一直跟占卜師在一起，超過一小時呢！」

「這很簡單，不是妳遇到了鬼打牆——」賀瀟焱瞥向那桌情人，「就是他們遇到了異狀。」

「不過在這之前我見過那占卜師，也……接近過桌子。」惜風避重就輕，不說出塔羅牌的事。

「那就是占卜師有問題嗎？」游智禔也跟著推論，怎麼推都是這個答案。

三個人不約而同望向他，接著眼珠子還是轉動，游智禔說得很有理啊……惜風暗忖，光是那張牌那樣的解說，就讓她覺得那個占卜師不是普通人了！

「嘿！」門被推開，小豆笑臉迎人的趕緊到門口去。

小雪原本正托著腮在思考消失的占卜師，眼尾卻忽然瞥到了進來的客人。

「喂！」她看向了門口。

所有人轉過頭去，看見的是一個蒙眼的女人，婀娜的走入店裡。

說曹操曹操就到，這巧合反而讓人不安。

「占卜師！」前頭的椅子聲突然傳來，那兩對情侶中的男士們立即站起，熱絡的跟占卜師打招呼。

另一個男人甚至為她搬過椅子，請占卜師跟他們一起用餐。

「這樣不太好吧，我自己可以的！」占卜師說著，可是身子卻往那張椅子移動，像明眼人般。

「沒關係！一起吃熱鬧啊！」男士們笑得合不攏嘴，雙眼望著占卜師，有些出神。

賀濂燚凝視著占卜師，試圖從她身上找出一點蛛絲馬跡，但是他看不出她是異端的象徵，也不是鬼，但會不會是妖精或是精靈……就未可知了。

在羅馬時，他也沒看出彌亞是何方神聖。

妖精類的物種擅長擬人，而他的能力只在於辨別魔、鬼、陰邪之物，並且淨化驅趕。

他對妖類向來不太拿手……不過，只要能借到地獄業火，不管什麼都能燒得一乾二淨。

游智禔咬著麵包，卻盯著左前方那桌看，與其說在看熱鬧嘻哈的五個人，不如說他盯著占卜師比較貼切。

「喂。」小雪不客氣的踢了他一腳，「你看得太誇張了啦！」

「咦？」游智禔趕緊回神，不禁面紅耳赤。「沒有，我只是……」

「占卜師真的很漂亮，就算雙眼蒙著，還是有種逼人攝魄的美。」惜風托著腮，連同是女人的她，都會看得出神。

不只是她，事實上當占卜師進入這間餐廳後，一切突然靜了下來；高談闊論的希臘男子變得低語，雙眼盯著她看，那家族的男人也不約而同的回首望著，旅客們不時的側目，為那美麗的女子。

占卜師說不上是絕頂美麗，但是她有份讓人駐足的氣質，只是淺笑，都能醉人心弦。

「好怪，都沒有在工作了，為什麼還要蒙著眼啊！」小雪是另一種打量。

「說不定她真的看不見。」惜風頂了她一下，幸好人家聽不懂中文。

小雪有些煩躁的吃著飯，賀濡焱心裡七上八下，因為連小雪這種 DNA 都會不安了，可見希臘的磁場有多差。

每個人、事、物都擁有磁場，敏感的人只要不乾淨的東西在附近就有感覺，甚至連在擁擠的街道都會不舒服，因為感應得到「磁場被侵入」；而像小雪姊妹這種 DNA，是屬於中等敏感，她們會感應，因為當厲鬼有心，她們依然看得見，也會被攻擊，只是……個人心態問題。

史上最無感的大概就是他的母親，她不是沒有磁場，而是磁場過度強大，強大到會侵犯別人的磁場，任何魍魎鬼魅都影響不到她！

叮叮……餐廳的門再度被推開，這間餐廳生意果然不差，只見小豆笑吟吟的從廚房端著開水出來，又準備去迎接客人，笑容卻僵了一下。

大部分的人視線依然放在占卜師身上，兩對情人的男友簡直是注視著不放，眼神熱切到無視於女友的不悅。

背對著大門的惜風恰巧與小豆面對面，雖然只有兩秒，但她看得出那種錯愕的眼神；小豆笑吟吟的把水杯放在占卜師面前，可是惜風卻聞到一股腥臭的海草味兒。

惜風立刻回身往正後方的門看去，那玻璃門被推了開，可是沒有客人。

賀瀮焱皺起眉心，厭惡的跟著往右邊看去，看著小豆走近門邊，帶著相當困惑的眼神；他遲了幾秒，然後旋身往廚房的方向走去，跟母親低語。

惜風毫不猶豫的起身就往門邊去，她知道那扇門有多沉，木製的門相當有厚度，中間鑲了玻璃，推起來頗有分量感，掛在上頭的鈴鐺會發出清脆的響音。

這不是自動門，也不是沒扣上的門，進出都得押下那橫式把手！

餐廳的門被小豆微關，但是地上卻有一灘水漬，一灘渾濁青綠，還夾有細碎海草及碎貝殼的水灘！

「啊，小心不要踩到，我來拖！」小豆拿著拖把急急忙忙的跑出來，「可能風吹開的！」

不，不是風。

蹲下身的惜風望著門上的玻璃，一個清晰的掌印印在玻璃上頭，還是濕的。

一股惡寒湧上，什麼東西進了餐館？

「我來。」賀瀰焱一把將小豆手上的拖把接過，他完全呆愣。「水！」

小豆急著要把拖把搶回來，怎麼可能讓客人做這種事！

惜風連忙阻止小豆，小雪跟游智褆也察覺到不對勁了，小雪連忙將水杯送去，空氣中瀰漫著可怕的味道，幾乎每個人都陸陸續續聞到了！

「好噁心喔！這什麼味道！」

「好臭……怎麼好像死老鼠的味道？」

「What kind of disgusting smell!」連外國人都回過了神，臭味越來越重，是海草的味道伴隨著魚腥以及腐臭味！

賀濕燚將水淋上了地，他擁有使水與使火的能力，水火兩樣元素到他手裡，都能成為力量！

水一淋上地，頓時起了濃煙，彷彿化學變化一樣，賀濕燚低唸著咒語，拖把一抹，了無痕跡！

斜後方的椅子倏地傾倒，聽來慌張，占卜師聲音緊張的傳開。「大家小心！有邪惡的靈魂！」

「咦？」聽得懂的人錯愕，聽不太懂的那家族正丈二金剛摸不著頭腦。

就在此時，曾詩佩還在疑惑的四處張望，她坐著的那張椅子，突然硬生生被往後抽走——那力道驚人，椅子直線向後暴衝，撞到了她身後的那桌客人，桌上的杯水碗盤震盪，杯子霎時摔落！

尖叫聲立即四起，所有人都看見那異狀了！

「呀——」

「不要慌張！」占卜師還在高喊，「不要激怒亡靈——」

惜風瞬間打開陰陽眼，她見到一隻佝僂的亡靈就站在那家人的身邊，穿著破爛的衣服，正抓著椅子的手腐爛見骨！

「住……」惜風打算上前，說時遲那時快，全店的燈卻突然一熄——

「哇呀——」黑暗將恐懼帶到最高點，一片漆黑的驚嚇讓餐廳所有人都驚恐莫名，大家爭相往唯一有亮光的門口衝去，但一屋子的桌椅，只聽見碰撞聲、尖叫聲與絆倒聲。

「不要慌！」小雪高聲喊著，「大家站在原地不要動啊……啊！」

她才喊著，立刻被人撞到一邊去，游智禔的聲音跟著傳來，還成了小雪的墊背。

賀灝焱立即將惜風拉進懷裡護著，伸手拉開大門，兩人就貼著門栓處，這是最不易被碰撞的地方，前頭又有門板擋著，至於其他的人，已經聽不進任何聲音了。

「媽咪！媽咪——哇！」孩子的哭聲跟著傳來，一片漆黑哪個孩子不會害怕。

「媽！哇啊！好黑！媽！」

「媽媽？媽——媽咪！」其中一個孩子哭聲特別淒厲，大人們慌成一團，中文英文希臘語在空中交雜著。

最後，是更駭人的哭叫聲讓眾人因錯愕而緩了下來，緊接著是小豆的驚叫、刀器碰撞，最後是後門的開闔碰撞。

燈，終於一盞一盞的亮了起來。

惜風背貼著賀濡焱的身子，眼前所見是一片混亂，翻倒的桌子，摔倒的人，扯下的桌巾與一起落地的碎片及餐具；許多人跌在地上狼狽不已，像小雪就壓在游智禔身上，不過也有別人壓在他們身上……

占卜師身邊的兩對情侶惶恐卻平安無事，看來是聽占卜師的建議原地不動，避免造成傷害；比較慘烈的曾詩佩是被自己的食物淋了一身都是，躺在桌子下呻吟痛哭，一臉恐慌，而那一家人還呆站在原地，蒼白著一張臉。

外頭的路人都圍到玻璃窗邊看熱鬧，在廚房的媽媽奔出來扶起摔在地上的小豆，他一臉茫然，像失神般的被攙起，渾身濕漉漉的，身上散發著腐臭味，看來是被亡靈迎面撞上。

惜風越過小豆的肩往後瞧，他與後門幾乎連成一直線，那木製的門還在力量之下輕輕搖晃……喀啦喀噠喀噠……

客人們陸續站起，不明所以，但是當他們拾回神智後，面臨的卻是另一個驚嚇。

原本裝飾著海洋風的白牆上，竟然在短短數秒黑暗中，被寫下了怵目驚心的紅色血字！

「Mine」

「維維……?維維呢?」曾詩佩驚慌的喊叫，「林琬淳!維維人呢?!」

「咦?我、我不知道啊!我剛剛只顧著扶著媽……」林琬淳連忙搖頭，「我連動都沒動……我聽見維維在喊媽媽，我以為妳過來抱他了!」

「我沒過去啊!維維就在妳身後玩，妳在做什麼!」曾詩佩慌亂的劈頭就罵，衝到林琬淳身邊去，桌腳下全部都找了一輪。「維維!出來!已經亮了，不要怕!」

林琬淳輕輕拍著阿嬤的肩頭，不停說著沒事沒事，賀灝焱眼神落在他們的餐桌上，在曾詩佩的湯碗裡，居然橫著一條發黑的領帶，只是現在還沒人瞧見。

而曾詩佩再怎麼喊，維維也沒有出現。

狼狽的人們幫忙在桌下跟角落尋找那孩子，卻如何都遍尋不著。

唯有惜風心裡明白，那孩子不會出現了。

因為，他早出現了死相。

※　※　※

曾詩佩的孩子宣告失蹤，大女兒王佳瑜被打了一頓，因為她沒看好弟弟，鄰人都前來幫忙尋找，被拉開的後門什麼都沒有，當時門外有人卻發誓什麼也沒看見，可是有聽見孩子的哭叫聲。

小豆失神般的洗過了澡，賀瀧焱在他身上看見了亡靈衝撞的痕跡，海水、海草，還有怨與忿，在迎面互撞時殘留在他身上；但是小豆什麼都不記得，他只記得衝鼻的腐敗味，還有孩子的哭聲。

大家都認為有人進來擄走孩子，甚至能抽空在牆上寫下字，賀瀧焱自願說要幫忙清理牆上的字跡，但是警方說要先採證；他無所謂，因為不必接觸，他就知道那是什麼，也知道無論如何誰也清不掉那血字。

基本上明天罷工開始後，警方也沒有時間管這件案子，抗議熱潮延燒，明天會發生什麼事無人能預料，全部的警力都會投入抗議現場。

那曾姓一家哭得泣不成聲，小豆一家大小也都盡全力幫忙尋找，可是人不是他們搞丟的，他們根本什麼都不知道。

「是那、個吧？」小雪自告奮勇幫忙打掃，喃喃的問。

「嗯，就是。」賀瀧焱肯定的點了頭，用血肉與怨寫下的字啊……

惜風望著牆上的字跡，這麼多面牆，為什麼就寫在那家人的旁邊？為什麼針對那個孩子？

「你！都是你！」曾詩佩突然看向賀濡焱，指著他大吼。「是你詛咒我孩子的！對不對！」

「喂，現在你們就信我白天說的話嘍？」他沒好氣的搖了搖頭，「我之前就說了，凡事小心，有煞！」

老公冷不防的衝過來，眼看著就要粗暴的揪起賀濡焱的衣領，嚇得一旁的人驚叫！只不過男人的手還沒接近賀濡焱，就被他一把推開，他甚至原地轉了個身，竟然就把比他高一個頭的粗壯男人扭了手臂，逕往一旁甩去！

他扔的地方很準，那兒現在什麼都沒有，只有小雪一個人，她閃躲一向很俐落，吐了吐舌就跳開，男人摔了個狼狽。

「我怎麼看都覺得那死靈是衝著你們來的！」他輕鬆自若的靠近被封鎖的桌邊，望著還浸在湯裡的領帶。

曾詩佩哭哭啼啼的去扶自己的老公起來，餐廳裡現在就剩下惜風等人及這一家子，林琬淳的兒子已經將年邁的阿嬤送回去休息，曾詩玉的長女也先帶嚇哭的胖小子回去睡；兩對情侶們根本不想管閒事，早跟著占卜師離開了；惜風只覺得怪異，如果占卜師能感應有死靈，應該也是具有靈力的人，但為什麼沒有留下來幫忙？

不過轉念一想，她本來就沒有幫忙的義務，濎焱也是抱持一樣的想法，他現在純粹只是想知道到底是什麼東西爬了上來。

而且，她默默看了小豆一眼，賀濎焱是為了那乖巧的小豆。

被衝撞之後的他，受到驚嚇不說，還失神。會失神不是因為受到太大的驚嚇，而是——他被帶走一魂一魄！

賀濎焱無法接受這種認真的孩子被如此對待，他說什麼都要討回來！

「有沒有人要解釋一下那是什麼？」他指著湯碗裡的領帶，「一屋子腐敗味這麼的重，那領帶絕對不是你們的！」

此話一出，一家子才彷彿注意到桌上的東西似的，皺著眉打量。

「不是……不是我們的啊！」曾詩佩疑惑不已，「我剛以為是姊夫的……因為他穿襯衫，但是我們出來玩不可能打領帶啊！」

自己老公就更別說了，運動衫一件，哪來的領帶？

林琬淳蹙起眉心，一臉欲言又止，卻閃爍著淚眼望向賀濎焱。

「妳認得嗎？」惜風上前一步，溫溫的問著。

曾詩佩姊妹旋即以凌厲的眼神瞪向林琬淳，彷彿事情只要跟她有關，就是天誅地滅般的可憎。

「林琬淳！妳知道？妳放的嗎？」曾詩佩果然立刻開口，「妳放在我湯碗裡是什麼意思！」

「這是什麼惡作劇還是警告嗎？我就知道跟妳有關係！」

一旁的游智禔簡直忍無可忍，他不管這一家子有什麼恩怨，但就是看不慣這種作為！

「妳們兩個夠了吧！一直針對她是怎樣？簡直無理取鬧！」他直接擋在她們中間，「從頭到尾她就沒惹妳們，妳們看她不順眼也不必在這個節骨眼上作文章！」

惜風暗自驚嘆，小雪都還沒出馬，想不到游智禔就先受不了了！不過想來也是，他若不是那樣熱心的人，也不會為了她至此。

深吸了一口氣，他其實是個很好的男人，只是她沒有辦法用男女之情喜歡他。

「你懂什麼！他們家——」

還要繼續開口，游智禔盛怒的回瞪一眼。「夠了！」

現場氣氛變得凝重，因為小豆一家都是華裔，也聽得懂中文，所以每個人都神情嚴肅的望向這裡；唯一不懂的是正在蒐證的警方，他們只知道這群東方人在吵架，但不知道在吵些什麼。

領隊也在，團員出了事，她當然要在場，但是這部分避重就輕的翻譯，自家人吵架有什麼好翻的啦！

「吵完了吧？」賀瀰焱這才開口，「領帶是怎麼回事？」

林琬淳色蒼白，雙手絞著衣角，可以看見她雙肩正在微顫，張口欲言，上下唇卻跟著打顫。「我……」

小雪拿著往前，突然握住她的手，把她嚇了一大跳。

「放心好了！妳說出來不會有事的！」她整張臉都快貼上林琬淳，「想想無辜的孩子！」

她到底是在打氣還是在嚇人啊……惜風憋著笑，不過身體的碰觸的確可以讓人安心許多；林琬淳瞪大眼睛向後退卻，喉頭緊窒的嚥了口口水，不安的瞥了大姊一眼，又望向賀瀰焱。

「我覺得……很像我丈夫的。」

此話一出，其他親人莫不鐵青著一張臉，倒抽一口氣。

「妳丈夫的？他繫的領帶為什麼會在湯裡？」賀濡焱淡淡的問著關鍵，「妳丈夫呢？」

從頭到尾，這家人除了阿嬤外都是成雙成對，唯有她帶著孩子，卻沒有老公。

「他……十年前失蹤了！沒有再回來過。」林琬淳囁嚅的說。

失蹤？惜風皺起眉，在她看，只怕那不是失蹤。

「小弟做生意失敗，有一天就不見了，扔下妻兒沒再出現。」大姊夫開了口，「我們猜是跑到大陸去了。」

「就這樣嗎？你們有試著尋找或是報案嗎？」惜風忍不住往前走了幾步，多望了那湯裡的領帶一眼。

領帶上沾滿了碎石，那除了石子跟貝殼碎屑外……還有她才能分辨的死意啊！

「報啦，還是失蹤人口，怎麼樣就是找不到！」曾詩佩歪了嘴，「有夠不負責任的，跟媽借了三千萬投資失敗後就跑了，我們每一家都有投資，連聲音都沒有就什麼都空了，還有臉逃亡！」

「不，他沒有逃亡。」惜風脫口而出，閃閃發光的結晶體，混在碎石之中，剛剛滾入了湯裡。

她要那顆死意。

因為那是宛如綠寶石般的結晶，她還沒收集過海底屍的死意。

「什麼？」兩姊妹異口同聲的問著，敢情這陌生女孩還知道她們小弟到哪裡去了。

「若說他失蹤，那他可選了一個好地方，讓你們永遠找不到他。」賀澐焱接了口，「那領帶上頭沾滿了屍體的腐肉，不是原本存在於這間餐廳的東西。」

「屍、屍體？」小豆母親緊張兮兮的開口，「不，怎麼會有那種東西！」

那是她親自盛的湯。

「不，不關妳的事。」賀澐焱趕緊解說，「這是海底爬上來的亡靈，給你們的警訊。」

「海底……亡靈？」林琬淳錯愕非常，這條領帶是繫在屍體上的？

她不可思議的望著賀澐焱，立即再看了眼領帶，「你是說——我丈夫他——」

「已經死了。」賀澐焱斬釘截鐵的點了頭，「但是又爬上岸了。」

第五章 失魂

惜風一個人坐在桌邊，靜靜聽著海浪的聲音，雅典三面環海，可以清楚聽見浪擊礁石的聲響；小雪正在浴室裡洗澡，這棟民宿其實相當愜意舒適，一棟樓兩間廁所，大家都不必搶。

晚上在餐廳裡的異狀證實了自海裡爬上的亡靈已經開始作祟，賀濎焱的亡靈上岸說得到不同的看法，有恐懼、有忿怒、有斥責，也有悲傷。

林琬淳呆滯幾秒後就哭了起來，對她而言，或許寧願相信丈夫拋家棄子，也比知道已經身故來得好！

雖然她心裡多少有底，無緣無故消失十年的丈夫，生不見人死不見屍，但失蹤那天他的的確確是繫著那條領帶出門的，而那領帶……正是兒子送他的父親節禮物。

曾詩佩則是斥責賀濎焱的言論，就算小弟往生，那、那他為什麼會來到希臘？又為什麼要擄走她的兒子？

賀濎焱只是聳了聳肩，那是你們家的恩怨，我怎麼知道？

惜風沒有錯過當他這麼說時，那些女人臉上的血色褪得一乾二淨，她們沒有否認姊弟之間存在什麼「恩怨」，反而是眼神慌亂的彼此互看，緊接著是一起嚎啕大哭。

現在，小豆在二樓，與賀濎焱住在一起，他向小豆母親要求的，因為失去魂魄的他，最好是待在他身邊，才比較安心。

而她，儘管知道可能被牽扯到別人的事情裡，可是不管是賀濡焱、游智禔或是小雪都很努力的把事情撇開，不再多管閒事；尤其是小雪，要她忍住那份熱情，實在難為她了！

畢竟死神在此，他們誰也不能大意！

『喵。』小萌冷不防的跳上窗台，惜風瞥了她一眼。『喵亂。』

「亂什麼？」她懶洋洋的問，對小萌已經多所存疑。

『喵什麼都亂！』小萌趴在窗台上，面向惜風。『喵死靈上岸，算帳復仇都要一起解決。』

「我們盡量不插手。」她淡淡的說，「還是妳有什麼話要說？」

『喵……』小萌舔著自己的毛，『喵很難脫身！』

「什麼？」惜風皺起眉，她不喜歡這種說詞。

『喵……』小萌忽然往窗外看去，『喵小心，妖精對你們虎視眈眈喔！』

「對我們？」怎麼現在才說！「為什麼要對我們……虎視眈眈？」

他們有什麼好覬覦的？一個死神就已經夠讓她苦惱了，還有別的？

『喵這裡是希臘啊！』小萌優雅站起，忽然往窗外縱身一躍。『喵希臘什麼事都會發生啊！』

「小萌！」牠的鈴鐺聲叮鈴作響，惜風攀著窗戶呼喚牠，卻只看到路上一堆發紅的貓屍雙眸抬首望著她。

而同時，一個人影走到了他們樓下，叩門聲旋即響起！

指節叩著木門，三層樓的人都緊張的站在迴旋樓梯口往下望，惜風急速的往下走，賀濔焱抬首望著她。

「好像是季芮晨，那個領隊……」她剛在窗口看見了，「還有那對母子。」

「要開嗎？」一樓的游智禔問著，但保證音量門外都聽得見。

時間已經十一點了，希臘街上都已經靜謐，這些人現在還來吵做什麼？賀濔焱露出不耐煩的神色，他持反對立場。

「哈囉！我是季芮晨，請開門啦！」領隊的聲音果然傳來了，「我有事情想拜託你們幫忙！」

游智禔說不出不想幫三個字，他擰著眉，嘖了好幾聲，反正都沒人答腔，所以他逕自走過去，還是開了門。

「一定是來問她丈夫的事。」賀濔焱趁機低聲跟惜風說，「我不出面就沒人問得出所以然，我待在二樓。」

「好。」惜風點了頭，就要往下走時，忽然想起小萌剛剛說的話。「對了，小萌剛剛說，妖精對我們虎視眈眈。」

「妖精？」賀濔焱蹙眉，「為什麼？妖精找我們做什麼？這不合邏輯吧？」

「小萌說的。」惜風說這話時，眉頭輕攏。

「我現在對牠說的話都會打上問號，妳小心一點。」賀濔焱沉著臉色，「說不定其實俄羅斯那小子根本是站在死神那邊的，派小萌來只是監視。」

「事到如今，很多事情也都來不及了。」惜風一抹苦笑，「但我會留意。」

她走下樓梯時，看見領隊手裡抱著一袋東西進來，身後果然跟著林琬淳母子，兩個人哭腫了雙眼，臉色都不好看。

「對不起啦，這麼晚還來吵你們。」季芮晨笑得甜甜的，「我帶泡麵來賠罪喔！」

「泡麵？」游智褆立刻上前，看著袋子裡倒出的泡麵。「哇，滿漢大餐耶！我來煮水！」

惜風忍不住偷笑起來，她聽見二樓也有腳步聲了，在歐洲這些天，現在大家超想吃泡麵的吧！

「煮多一點，我也想來一碗。」連她都食指大動。

「我就帶這些了，請你們吃吧！」季芮晨為自己的禮物受到歡迎而開心，「我是陪他們來的，他們有問題想問。」

她轉身看向站在門口的母子，兩個人身子都在顫抖，一臉哀戚。

「問什麼我也答不出來，我們只是有人具有陰陽眼，知道餐廳裡的事情是死靈搞的……」惜風無奈聳肩。

「死靈……我老公果然已經……」林琬淳激動的開口，「他發生了什麼事！天哪……為什麼……」

話說不全，又哭了起來。

「我不知道死者發生了什麼事，也不能確定是妳老公，只知道領帶是亡靈所持有的，再來……他原本可能只是葬身在海底的一個死靈——」惜風從容的走到桌邊，為他們倒水。「直到他殺了那孩子。」

「殺？」男孩緊皺起眉，「你說維維已經死了？我爸……不，剛剛那個死靈會殺掉維維？」

大家還在遍尋不著，為什麼這個姊姊說維維已經死了？

「因為你表弟早就露出了死相，他今晚不死，明天也會死。」惜風揚起笑容，「坐，喝杯水吧！」

「……維維會死？那個、那個鬼為什麼帶走維維？他才幾歲，怎麼能這樣？」一聽見小孩可能會出事，林琬淳又一臉慌張。

男孩深吸了一口氣，緩步走上前，向惜風禮貌的說聲謝謝，一口喝掉那杯水。「可能是懲罰他們的任性吧！」

「咦？」林琬淳愣了一下，看著兒子的背影。「維謙，你在說什麼？」

「驕縱、不孝、任性、自以為是。」他如數家珍般的唸出厭惡的字眼，「你說他才幾歲，但是他曾經問過我，問我們什麼時候要滾出去，他可以有大房子、問阿嬤什麼時候死，他才能買玩具！」

「維謙，孩子是無心的，他們只是模仿著大人。」林琬淳憂心忡忡的上前，「他們聽見大人說什麼，就會照著說出來。」

「他們已經壞掉了，既然是大人教的，那就表示以後他們會更加苛刻而且無禮！」叫維謙的男孩沉著臉色，「如果那個鬼是爸爸，那表示他一定知道我們過得多不好，知道姑姑表弟們對我們有多差！」

下一秒，林琬淳二話不說就甩上了一巴掌。

那響亮的巴掌聲讓氣氛僵住了，正在煮水的游智禔皺著眉回首，惜風則是不動聲色，畢竟那是別人家的事，雖然她也覺得那些孩子教得很差，可是現在……那種孩子不是滿街都是？

父母會說孩子不懂、會說孩子那樣才率性天真，然後就教出一群毫無教養與禮貌的孩子。

但那說穿了，橫豎是別人家的事，她現在是泥菩薩過江，自身難保。

「你不可以說這種話，那是你表弟！而且……我並不希望你父親變成厲鬼或是什麼怪物！」林琬淳激動的臉都漲紅了，眼淚撲簌簌的掉落。

維謙搗著臉，雙眼卻熠熠有光。「我跟妳不一樣，我希望爸爸就算變成厲鬼，也要保護我們！」

「小心你許的願。」

二樓冷不防傳來賀澪焱的聲音，他懶洋洋的靠在扶牆邊，打量著那對母子，還有已經坐下來吃魷魚絲的季芮晨。

惜風帶著淺笑，走到游智禔身邊，看來多煮一鍋好了，灊焱鐵定也是為了泡麵才現身的。

「如果他是你父親，家人的執念會牽絆他做出不可原諒的事；如果他不是你父親，是有心的厲鬼，那就會利用你對父親的思念，對你做出……更多算不到的事。」賀灊焱緩步走下，「不過我倒是很好奇，你們說他失蹤多久了？」

林琬淳吸了吸鼻子，「十年了。」

「失蹤十年，為什麼現在才出現？而且從海底上岸，還選擇了希臘……他是跑船的？」維謙使勁的搖頭，賀灊焱挑了眉。「坐船時失蹤的？」他搖得更大力了。

「他說要去處理事情，去朋友家，開車出去的。」林琬淳幽幽的說著，「但是車子找到了，人卻沒有再回來過。」

「而且一出現就擄走外甥，這不是很怪嗎？」惜風踅步而返，「還帶走外人的魂魄……」

魂魄？游智禔不知道這一點，很驚異的望著賀灊焱，這對母子也露出驚惶神色，誰的魂魄被帶走了？

「餐廳的那男孩被亡靈撞上，有魂魄被帶走。」賀灊焱低沉的說著，「我醜話說在前頭，如果那個死靈真的是你父親，我也不會客氣——我對侵犯無辜活人的厲鬼向來不會客氣！」

「你說那個少年……他……」林琬淳臉色益發慘白，「不！那不會是我丈夫！他不是那樣的人！」

唉，多少人生前死後兩樣情啊！死前的一些改變與執念，是能輕易改變一個人的。

「有夠複雜的，我聽了頭都暈了。」季芮晨終於找機會開口，賀濔焱瞥了她一眼，他懷疑她根本沒在聽。「我現在其實想到明天的行程，頭就很大了。」

「明天還能有什麼行程？」游智褆非常錯愕，「你們團都發生這麼大的事情了！而且妳知道明天要大罷工吧？」

「我知道啊！但是不是每個人都出事啊！」季芮晨認真的看向母子，「你們兩個、阿嬤，還有曾詩玉……別忘了還有其他四個人！」

哇，這邏輯硬是要得！

惜風暗暗在心裡佩服，她一點都不覺得這對母子還有心情玩，事實上在那小孩找回來前，這一家子都不會想要去觀光吧？至於那兩對情侶倒還有話說，不過罷工加上今晚發生的事，就算事不關己也不一定有心情玩啊！

話說回來，所有人之中，這個領隊的確比任何人都要來得冷靜……還是狀況外？

「我明天並不想出門觀光。」林琬淳果然開口，「發生這麼大的事，加上明天希臘罷工，我們不覺得出門是適宜的。」

「咦？確定嗎？」季芮晨還一愣一愣的，「那我要跟另外四位團員確定一下，但是他們都不在房裡。」

「夜遊？」惜風神經突然緊繃起來，這個情況下夜遊？

「對啊，我問過民宿的人，他們說那四個人並沒有回民宿耶，從餐廳出事後就直接去玩的樣子。」季芮晨雙手抱胸嘛著嘴，「其實有當地人在的確是不怎麼需要擔心啦，可是我要問他們明天的事……」

「當地人？」惜風疑惑得很，「妳該不會是說……那個占卜師吧？」

「對呀，跟你們一樣厲害的占卜師，她也知道有鬼在！」季芮晨說得很泰然，「他們一起走的，看起來感情好像還很好哩！」

賀灝焱記得那個美麗的占卜師，似乎好像真的也有一套，但是她在事後率先帶著那兩對情侶離開，並不打算對餐廳的事進行善後！他那時覺得理所當然，她既以能力為業，善後自然要收款，所以不做免費的事。

但是……為什麼獨獨對那兩對情侶這麼優待？不但在死靈出現時保護他們，還帶著他們一塊兒走？

難道那兩對情侶出了高價，要占卜師幫忙解難？怎麼想怎麼覺得有異。

不過，該擔心的不是他。

拖鞋啪啪啪的聲音傳來，小雪三步併作兩步的下了樓，看見多出來的人愣了一下，但旋即被香味四溢的泡麵吸引過去！

「厚！有泡麵！」

「有煮妳的啦！」惜風笑著說，就知道她難敵泡麵香啊！

他們四個人各抱一碗麵就聚在桌邊吃，季芮晨大剌剌的佔一個位置還在思考，反倒是那對母子顯得有點侷促不安，不知道該站在哪兒，或是該做些什麼。

「時候不早了，你們可以回去休息了。」最後是惜風下了逐客令。

「我們……我們想請你們……」林琬淳欲言又止，這就是他們遲遲不敢離開的原因。

「那個……」

「我媽想要跟我爸對話，她希望確認晚上那隻鬼是我爸。」維謙說得直截了當，「我也想，想問他為什麼把我們扔下來！」

惜風搖首，這不是她做得到的事，游智禔緊皺著眉，原本要站起，小雪在桌下的腳暗暗踢了他一下。

「很抱歉，我們到希臘來有要事在身，在事情解決前沒有辦法處理別人的事情。」賀濡焱也回得開門見山，「不管那隻鬼是誰，他都有目的，只要你們沒做虧心事，倒是不必擔心他對你們做些什麼。」

林琬淳臉色一陣蒼白，像是沒有料到會被回絕得這麼直接似的，一臉又惱又難受的模樣，緊咬著唇匆匆的說聲抱歉，拉著維謙就要往門外走。

維謙也不高興的皺起眉，他瞪著在吃麵的四個人，尤其是賀濡焱，神情複雜宛似天人交戰。

「那我可以許願吧？」他悶悶的說著，「如果你不幫我，我就許願！」

「呵，威脅嗎？」賀濡焱冷冷一笑，「關我什麼事？請自便，我沒有義務幫忙。」

維謙一咬牙，哼了好大一聲回身跟著母親衝了出去。

「你說話可以再婉轉一點吧？那只是個期待見到父親的兒子！」游智禔果然立即發難，「你幹嘛話說得那麼絕？」

「你熱心善良，你去！」賀濡焱涼涼一指，明知道游智禔無能為力，惹得他更惱！

「好好讓人家父子倆見上一面。」

游智禔抱起泡麵就離座，他寧可躲到旁邊去吃，惜風無奈的嘆氣，跟小孩子一樣鬥什麼氣，為別人家的事吵架，一點都不值得。

小雪哎喲兩聲，也不喜歡氣氛搞得那麼糟，難得有泡麵可以吃耶，嗚嗚……「這泡麵誰帶的啊，怎麼不早點拿出來，我哈死了。」

惜風跟賀瀟焱不約而同的看向也坐在桌邊的季芮晨一眼，她還在哩。

「我啊，這麼晚來打攪你們，真不好意思。」季芮晨賠著笑，「當然要帶出國必備聖品來進貢一下嘍！」

「哇，妳人真好！」小雪一臉感激涕零！

只是泡麵就快把她收買了，惜風看了直想笑。

「好吧，都沒人了，換妳說吧。」賀瀟焱忽然語出驚人的對著正對面的季芮晨，「看在妳帶泡麵的分上，我會多跟妳說一點。」

咦？惜風很詫異的望望他、再看向季芮晨，這是什麼意思……難道季芮晨不是陪母子來的嗎？

只見季芮晨真的咬著唇，笑出一臉尷尬，她雙手托腮，一臉可憐兮兮的樣子。

「我知道那個死靈在哪裡，你覺得應不應該說啊？」她歪頭，一臉很掙扎的樣子，一桌的人差點沒被麵噎著。

「妳知道死靈在哪裡？」先爆出聲的是小雪。

「我聽見其他的鬼在討論啊！唉……」季芮晨一臉無可奈何，「就在我窗邊一直講一直講，吵都吵死人了！」

賀瀮焱瞠目結舌的望著她，「妳聽得到鬼在交談？」

季芮晨再度無力的點了點頭，「什麼語言都聽得懂……唉！妳說得對！那個孩子必死無疑，因為死靈說午夜十二點要把孩子扔下海崖去，一堆人等著分食什麼鮮嫩的孩子。」

十二點！賀瀮焱立刻看向腕間的錶，唏哩呼嚕的吞起麵來，還有半小時！

「有說為什麼嗎？」小雪超好奇的。

「沒有，但是鬼說該死，說還有更多該死的人，要一個一個殺掉，拖進海裡。」季芮晨臉上沒有一絲嚴肅神色，反倒還有點俏皮樣。「我還聽見奇怪的詞句，但是我組不起來。」

游智禔不知什麼時候已經坐回來了，屋內氣氛變得非常緊張……除了季芮晨之外。

「妳說。」賀濡焱擰著眉要她慢慢說，「小雪，背下來。」

嗯，小雪用力點頭，記憶力超強的她，這點沒問題！

「石像、衛城、神廟裡的會議、死靈上岸、寧芙、蛇蠍……」季芮晨說得果然是毫無相關的破碎詞句，「啊！還有，死神的女人！」

惜風顫了一下身子。

「他們說，死神即將迎娶新娘，所以大家在準備供品！」季芮晨絞盡腦汁的回想著，「簡單來說，現在整個希臘都在為死神的事做準備！」

電光石火間，惜風站起身，扔下筷子就往廚房裡奔去！

季芮晨一時錯愕，她不知道自己說錯什麼了，為什麼那個女生要這麼激動？小雪趕緊尷尬的安慰她沒事，只是聽見一堆鬼呀什麼的讓人煩心，游智禔站起來的身子突然卡住，因為賀濡焱已經自然的跟了上去。

黑暗廚房中有著惜風脆弱的背影，而賀濡焱的背影疊了上去，他由後張開雙臂緊緊的擁抱住她，知道她正在低泣。

望著重疊的背影，游智禔眼神沉了下來。

忽地一個重擊拍在他肩上，他跳了起來，一臉驚嚇的回首望向身邊的小雪。

「再看也不會是你的，別看了！越看不是越傷心？」她用下巴指了指麵，「吃麵啦！」

游智禔沒好氣的拿筷子往碗裡戳，又不是不知道，幹嘛一再提醒啦！

小雪在一旁跟季芮晨複誦著她剛說的東西，季芮晨用力點頭，然後說她只會聽，但不作解讀，而且盡量裝作自己聽不懂也聽不見。

「妳一到希臘就聽見嗎？」小雪很好奇。

「嗯……」季芮晨有些神秘，「反正我聽得見就是了！最糟糕的是聽得懂，唉！」

「那妳語言能力很棒耶，這麼多種語言都聽得懂！」小雪好生羨慕，殊不知這房裡有多少人羨慕她的英文能力。

「環境使然。」季芮晨說這話時一點開心的表情都沒有，「好了，該說的我都說了，拜託你們不要跟別人說我聽見的事情……那鬼的事怎麼辦？」

廚房裡的賀瀟焱終於轉身而出，「就說我知道在哪兒，讓他們去救孩子。」

而他勢必得去，小豆的魂魄，定得要回。

「謝謝！」季芮晨笑出一臉燦爛，旋即起了身。

「咦？就這樣？」小雪還一臉失望，「我以為妳會要我們幫妳做什麼咧！」

「幫？不必了啦！我當領隊的，出門在外什麼事都該自己解決。」季芮晨瞇著眼笑起來，「那個鬼會在前頭望過去，最突出的峽角那裡把孩子扔掉！」

「嗯，謝謝。」賀濔焱輕笑，他讚許遇到事情，有心自己解決的人。

只見季芮晨興高采烈的離開，她大概是今天一整天這麼多事下來，最愉快的一個人了……在這之前能困擾她的，反而不是鬼的事，是行程受阻。

「好有趣的人。」小雪勾著微笑。

「怪咖。」賀濔焱做了最佳結論。

惜風走出廚房時還有餘淚，她抹抹淚水，聽見死神新娘的事全身都禁不住的顫抖，總有一種祂早就在準備這件事的感覺。

「剛剛季芮晨說的都記下來了嗎？關於……供品？」她幽幽的問著小雪。

「那不一定代表供品吧，她說只是聽見在討論這些東西，但沒說那是供品。」小雪言詞中肯，她聽得很清楚。

才打算找筆把東西寫下來，光石像是什麼就沒人聽得懂了。

『喵～』小萌突然出現在一樓的窗台外，『喵時間快到了！』

「時間？」聽見倒數，惜風感到一陣惡寒。

『喵午夜啊！』小萌用指甲抓著窗戶，『喵那個峽角的殺生！』

咦！賀瀮焱趕緊看向時間，只剩一刻！

他即刻往二樓衝去，將小豆叫醒，他必須跟著走，因為當他把魂魄取回時，最好直接回到原主身上！

惜風跟小雪也趕緊回三樓，迅速的拿過外套跟外出包，她們的包包向來都在備戰狀態，拎了就能走！

「快點！」賀瀮焱向樓上催促著，「我必須要有時間攔下亡靈！」

「那個小孩呢？」小雪揹好包包。

「小孩？」在一樓的賀瀮焱閃過困惑，「噢……那孩子啊，不在我的管轄範圍內！季芮晨已經回去叫他家人去救了不是嗎？」

他另一手拉著睡眼惺忪、有些失神的小豆。

他的目標，是救回這少年的魂魄，僅此而已。

小雪露出遲疑的神色，游智禔也整裝完畢開著門等大家，一行四個人衝出民宿，往季芮晨指的那峽角而去。

「小雪。」奔在她身邊的惜風低聲說著，「妳想救那小孩我們不會干涉，但是不要拖累到任何人——包括妳自己。」

小雪咬著唇，瞇起眼微微頷首，她的確有點想救那個小孩，雖然對那孩子沒什麼好感，可是就覺得那只是個孩子。

小孩永遠都能獲得較多的同情心，犯下一樣的錯誤總是比大人容易得到原諒，這就是那孩子驕縱的主因、大人們溺愛的結果……但是，亡靈頭腦似乎都清晰得多，多餘的同情心並不會存在。

她呢？是不是該插手別人的事？會不會對賀帥哥、惜風甚至是游智禔造成危害？

在黑暗寂靜的馬路上狂奔著，小豆雖不明所以但還是跟著跑，只是不時困惑的回首；而跑了一段路後，那家人的身影也出現了，季芮晨去通知孩子可能的下落了。

不過他們一點都不寂寞，這整條街上，多的是死靈與妖精在遊蕩。

「咦？你們……跑快一點！」曾詩佩一見到他們就高聲喊著，「快點！十二點快到了！」

什麼東西？小雪皺起眉望著激動高喊著的女人，那是她兒子，她現在是在……命令他們？

「拜託快一點啊！我孩子會出事的！會出事……」她緊接著泣不成聲，丈夫還有時間抱著安慰她。

游智禔不安的看著他們，賀灝焱硬把他身子扳正，要他繼續往前不要回頭，當他們掠過那家人時，他一句話也沒吭。

小雪奔過，用不爽的眼神望著他們，惜風跑過去後，他們才開始動身，兩對夫妻跟那對母子都出來了，往可能出事的地點跑去。

小雪頻頻回首個幾次，最後居然折返回去。

「小雪？」惜風嚇了一跳。

「妳先去！」她邊喊，邊往那家人衝過去。曾詩佩滿臉是擔心與慌張，但是腳步快慢卻跟擔憂成了反比。

望著小雪奔過來，他們一顆心七上八下。

「我們沒有要救妳孩子，不要自作多情了。」她嘟起嘴說著，「你們是他的家人，應該要再跑快一點吧！」

這速度是在散步嗎？當曾詩佩催促他們時，小雪瞬間打消了多管閒事的欲望。

她剛剛覺得自己像白痴，姊姊說的仗義，果然要用在值得的人身上、朋友，或是像小豆那樣的孩子，不是為這種理所當然的傢伙。

他們不跑快是因為仗著有他們在，以為他們跑百米是要去救那個沒禮貌的爛小孩……素昧平生，救什麼？他們怎麼能想得這麼自然？未免也太不要臉了吧！

「什麼？」她回身就跑，只聽見曾詩佩驚恐的叫聲，還有一連串咒罵。

生死有命，如果惜風已經確定了那孩子的死相，那麼表示他是必死之人，誰也不能從死神手中奪得生命！

第六章

爭奪

維維昏昏沉沉的醒來時，只聽見海浪的聲音，他什麼都記不得，只是緩緩坐起，覺得天氣好冷，揉了揉惺忪雙眼。

「媽咪……」他噘著嘴，「媽咪！我要喝水！」

四周一片靜寂，完全沒有人回應，這讓維維終於留意四周，才發現自己根本不是在房裡，不但人在外面，而且——躺在一塊石頭上！

往旁邊望去，就是深不見底的黑暗！

「咦……媽咪！爸爸！」維維慌了，環顧四周只有他一人，為什麼他會在這裡！「哇啊！哇——」嚎啕大哭。

『閉嘴。』

低沉的聲音傳來，嚇了維維好大一跳，他才看見有個人坐在旁邊，但天色太暗，看不清楚！

「嗚……哇啊！」叫七歲的孩子閉嘴，他只是哭得更大聲而已。「媽咪！」

『哼，就只會哭，吵死人了。』來人站了起來，『你很愛使喚人嘛！』

咦？錯愕的維維仰首看著逼近的身影，他聽不懂這個叔叔在說什麼！

『才幾歲，就懂得對我兒子大小聲，對我老婆頤指氣使，除了耍任性之外，你們這幾個會做什麼？』一隻手伸了過來，維維愣愣的望著，赫然發現那是一隻好可怕的手！有骨頭！

「嗚哇！媽咪！哇——救命啊！爸比！舅媽！」維維把能呼救的人全都叫了，依然被一把拎起！

等到他被抓起與來人平視時，他才能清楚的看見那張腐爛的臉龐……臉皮自頭骨上鬆脫垂掛，皺成一團，海草與蟹類都盤踞在他臉上，死於海裡的人，早已被海水侵蝕殆盡！

彷彿感受到有人逼近，亡靈往左側遠方望去，「他」果然沒說錯，一定會有礙事者。

『我需要一雙眼睛……』亡靈咧嘴而笑，海草流了出來。『把眼球給舅舅吧！』

舅舅？維維根本聽不懂，這是鬼！他哪裡有舅舅！

他驚恐望著眼前的水屍，只能歇斯底里的尖叫跟大吼，看著尖銳的骨手朝著他逼近，直直逼向他的雙眼。

一摳。

「哇呀——呀——」淒厲的尖叫自遠方傳來，賀瀰焱皺眉，出事了。

身邊的小豆突然遲疑了，他也對不知名的前方感到恐懼。

「走了，小豆！」賀瀟焱催促著。

「我、我不要……我想回家……我……」他搖了搖頭，開始抗拒。

賀瀟焱發愁，不把小豆帶到現場去就怕有閃失，游智禔大喊著他先走，聽著孩子的慘叫聲讓人於心不忍。

小雪跟惜風稍早前放慢了腳步，因為她們必須讓條路，讓從地底爬出來的亡者先行！小萌說得沒錯，許多剛死或是爛到一半的屍體都在街上晃蕩，他們被大量的死亡氣息喚醒，與遊離鬼也結為一體，陰氣之重，連小雪都瞧得見了！

妖精更是不計其數，但現在讓他們興奮的，是空氣中傳來的殺意。

『有血有血！有鮮血祭！』

『許可的嗎？那是許可的殺生嗎？』

惜風她們來到賀瀟焱身邊，他瞧得一清二楚，也聽得清晰，望著路過的大批亡者，興高采烈的往前方而去。

「你先去，我們看著他。」惜風催促著，這麼多死靈，誰知道好與壞？現在逮著那個綁架犯才是重點。

「小心為上，陰氣這麼重，裡面混進了太多危險分子！」他一邊交代，還是一邊拔腿往前奔跑。

小豆有氣無力的蹲坐下來，全身不住的顫抖，小雪陪著他一起蹲下來，說服他繼續往前走，還保證不會有事；那一家人終於跑了過來，瞥了他們一眼，眼神裡不是好奇或是擔憂，比較多的居然是責備與氣憤。

惜風冷冷的與他們對望，曾詩佩哭喊著孩子的名字，一路往前狂奔。

「我不舒服……」小豆難受的說著，「我真的……」

「所以你必須跟我們走，我們是來幫你的。」惜風溫柔的出聲，「必須把你失去的東西拿回來。」

「我……」小豆眼神難得清明，似乎是難得的清醒狀態。「我發生什麼事了？」

他雙眼泛著淚，二魂六魄雖然可以維撐身體與心智，但要正常生活少一魄都不行！

「跟我們走。」惜風只能這樣說，現在沒時間交代事件的前因後果，更何況說不定小豆根本記不得！

小豆蹙眉遲疑，但小雪跟惜風一人一邊架起了他，半強迫的逼他往前走，小雪一邊說這是為了他好，如果他想恢復正常生活，就得跟著他們，他們會幫助他！

小豆似乎是聽懂了，他順勢往前行，但是黑暗中傳來的尖叫聲好駭人，而且難道身邊兩個姊姊都沒有聞到嗎？今天晚上海的腥味好重，讓人連呼吸都不舒服。

賀濰焱趕到岬角時，游智禔在那邊進行「宗教勸說」，不過看著雙手摀著眼睛在吶喊的孩子，顯然根本毫無作用。

今晚月光相當明亮，陰曆十四，明天就是月圓，海水漲潮，大量的海水沖擊上海岸，也沖上了更多的死靈與怨鬼。

那亡靈隻手抓著孩子的衣服，像提拎一只布娃娃似的，而在他手上的孩子哭號不止，歷經過淒厲的慘叫後，他幾乎已經沒剩多少氣力了。

「孩子整張臉都是血！」游智禔慌張不已的走近賀濰焱，「他雙手一直摀著臉，我喊他也不回應！」

「怕是痛到沒辦法回應了。」賀濰焱臉色一沉，突然跨過路欄，走上危險的崖邊礁石，游智禔連喊都來不及。

唯有這麼近，才能夠仔細看清楚對方是什麼來頭。

儘管突出的岩石非常危險，他只要往左一踏，就會摔入大海中……不過，在這之前，會先掉落到海岸邊錯落的礁石上，粉身碎骨。

『這不關你們的事。』亡者幽幽出聲，『這是我跟我們家的恩怨。』

「你們家……看來你就是維謙的父親了吧？」賀濡焱直接提出兒子的名字，亡者果然有了反應。

他沒有回答賀濡焱，而是揪得手中的孩子更緊，維維看起來已然奄奄一息，逐漸垂下雙手，賀濡焱這才能觀察他的樣子。

那孩子如同游智禔所說的滿臉是血，更糟糕的是，他根本血流不止——從眼中的深洞中不斷湧出，流滿了整張臉、衣服，也滴落在岩石上！

死靈往前傾，望向奔來的「家人」，揚起了一抹笑。

月光終於能照映在他臉上，那已經腐敗的死靈從孩子身上奪得的兩顆眼珠子，硬是鑲在眼窩裡，在一片腐爛發臭的皮膚中，那對眼球顯得特別的新鮮。

「啊啊——我的孩子！」曾詩佩驚恐的大叫著，「你！你對他怎麼了！你是誰！」看來，慌亂的家人一時沒有認出他來，死靈又往前走了兩步，手裡晃著維維，當他是件物品般的甩動。

「住手！你這……」曾詩佩緊張的阻止，接著忽然看清了綁架她寶貝兒子的人的長相……「小弟？」

「小弟！」曾詩玉也衝過來不可思議的大喊。

「咦！」一旁的老公倒抽一口氣，「妳在說什麼？」

他才想問咧……賀瀰焱好佩服那幾個人，都爛成這樣，浮水屍可是又腫又爛，怎麼認出來的？

最後抵達的林琬淳只看一眼就差點沒昏過去，要不是維謙及時扶住她，她就真的往地上摔去了。

「……孝宇？」她失聲喊了出來，「真的……真的是你！」

死靈明顯的往妻兒那邊瞥了一眼，但是沒有什麼大相認劇碼，反而將手裡的維維高舉。

游智禔蹙著眉看向馬路上驚恐的一家，和站在護欄外爛成一團的亡者，突然覺得，在這家人眼裡的死者，是否是正常模樣？不然他們怎麼認得出來呢？

『殺……快殺……』外頭聚集的妖精死靈們紛紛鼓譟起來，『撕成兩半好了，還是丟下去好？』

『吃下去吧，扔下去太浪費食物了。』

『那是鬼，又不是妖精，吃什麼？』這聲帶著點斥責，『只要殺了他就好，幼童的鮮血與鮮肉，丟進海裡寧芙一定會跑出來的！』

『寧芙啊……』這聲調變得有些貪婪。

『殺、殺、殺……』一整掛亡靈集體吆喝著。

「閉嘴！」賀濡焱不悅的朝著外頭大吼，正事都還沒辦咧！

他這聲閉嘴讓那家人錯愕，也讓亡者愣了住，他們開始竊竊私語，這裡有明眼人吶……看來身上磁場特異，留意留意。

「小弟，你抓維維做什麼！」曾詩佩慌亂的高喊著，「把他還給我！」

『為什麼？妳不是教他對付我老婆跟孩子嗎？』曾孝宇冷冷的說著，『還告訴他，等媽死了，就有家裡的財產可以揮霍？』

曾詩佩倒抽一口氣，臉色陣青陣白，像是小弟不該知道這件事似的。

「孝宇……你去了哪裡？」踉蹌的林琬淳往前擠出一條路，「你……已經死了嗎？」

嗯？賀濡焱又瞥了一眼，在家人眼裡是正常的模樣嗎？那身上的破布只怕就是曾繫著領帶的西裝了！

曾孝宇默默的點頭，家人們慌忙後退，看來現在他們才知道怕。

「放下我的孩子吧，小弟！」姊夫趕緊說情，「我不知道你發生了什麼事，但是跟孩子無關不是嗎？」

『怎麼會無關？你們教出的孩子一個比一個自私、驕縱、恣意妄為……我怎麼可能留下這種人，來跟我競爭？』曾孝宇大力甩動著孩子，嚇得曾詩佩失聲尖叫。

「住手住手！你會弄傷他的！」她哭喊著她的寶貝！

『二姊，他早就受傷了！嘿嘿……』曾孝宇突然把孩子舉起，面向他的母親，將他的頭給扳上。『說再見吧！』

曾詩佩瞪大雙眼，看著自己的寶貝孩子兩隻眼睛都被挖出，只剩下兩個紅色的窟窿，鮮血自裡頭汩汩流出。

「不——你對我孩子做了什麼！」她歇斯底里的喊了起來，「你怎麼可以這樣對他！他是你外甥啊！你怎麼可以——」

『佳瑜。』曾孝宇冷不防的叫了曾詩佩大女兒的名字，『妳長大了啊……來，舅舅問妳，妳要留下這個弟弟跟妳搶東西、搶父母的寵愛，甚至搶財產，還是就讓我把他扔出去？』

咦？才小六的女孩錯愕的望著根本沒印象的小舅舅，為什麼突然問她這個問題？

把弟弟丟掉這種事……她想過幾千幾百次了！

任性得要命，跟小霸王一樣，全家都得順著他，爸媽動不動就說要她讓他，讓什麼？

讓到變成唯我獨尊？

玩具玩了不收、對爸媽口氣超差，甚至連對阿嬤都很惡劣，偷拿她的東西還弄壞，卻不能罵不能打，就因為他還小不懂事？因為她自己把東西亂放活該？

憑什麼！

「妳在想什麼！」曾詩佩忽然上前揮下一巴掌，「那是妳弟弟，快點叫舅舅放他下來！」

「佳瑜，快說話啊！」連父親都心急如焚！

撫著臉的王佳瑜怒從中來，連這種時候，都要顯示弟弟比她重要嗎？她咬緊牙，一點都不想說！

她希望弟弟死掉，一直都是這樣希望著！

賀濡焱在瞬間感受到強烈的殺氣，還有龐大死靈們的尖叫聲，像在說著：『殺！』

『媽答應過我……』曾孝宇冷不防的就把手中的孩子往外拋扔飛去，像投球一般又高又遠。『家裡所有的東西都是我的！不會是你們的！』

「不——」曾詩佩夫妻嚇得驚叫，看著自己的小孩拋上半空中，月輝相映，然後筆直落了下去。

惜風跟小雪早就帶著小豆到了，他們不動聲色的待在後方，聽著人體重重摔在礁石上的聲響，這條人命的消逝非常響亮，但是卻立刻被海浪聲吞噬。

『咿——喔喔喔——』一陣尖笑聲從不知何處傳來，笑得讓人雞皮疙瘩紛紛站起來，尖銳的刺進毛細孔中！『孩子的鮮血！』

周遭的死靈們也跟著鬼吼鬼叫，像是嘉年華會般的叫囂，賀瀰焱沒見過在國外這種極陰之氣聚集時的模樣，這些鬼與妖怪簡直是囂張到誇張！

海浪突然變得波濤洶湧，但是那時賀瀰焱或是惜風他們都沒有留意到。

「維維——」曾詩佩衝向護欄，是丈夫及時拉住了她，就怕她衝過頭掉下去！

惜風跟小雪瞄了一眼，那落下去的孩子臉部朝地，難怪死相會是那副模樣，她早知道維維必死無疑，死神的獵物，誰也逃不過。

只是突然一個大浪拍上，下一秒那孩子的遺體竟然被捲進了海裡！

游智禔也趴在一旁皺眉看著，錯愕的抬首與惜風她們互看一眼，像是在說這浪有這麼大？可以瞬間就捲走屍體？

怎麼看起來好像浪花裡有什麼，將屍體拖進海裡似的。

賀瀰焱連看一眼都嫌浪費時間，他專注的望著眼前的曾孝宇，這亡者開了殺戒，靈體開始變化，他腐骨生肉，塞進去的眼珠與身體連結，尖牙伸長，五官扭擠在一塊的猙獰兇惡。

殺生之後，轉為厲鬼，古今中外亦然。

「你們家的事我懶得管，我要你把搶走的東西還給我。」賀濂焱開口要了，「有個少年的一魂一魄！」

曾孝宇蹙了眉，越過家人往小豆身上看去。『那個啊……他擋路。』

「你要人類魂魄無用，還給我。」他伸出手。

『不在我身上，你可以感應得到吧？』曾孝宇咯咯笑了起來，『我原本要人類的魂魄就沒有用，我是受人所託。』

受人所託？搶一個無辜少年的魂魄？

「他有做錯什麼事嗎？犯過什麼罪誡？」惜風不可思議的走上前，「你怎麼能做這種事？」

『因為對方會給我奪回所有的力量！』曾孝宇驀地指向了空中，『上天空去找吧，我交給那女人了！』

女人！

曾孝宇飛快的跳過護欄，回到馬路上，他的動作變得俐落，不再只有骨頭的他，自然活動力變得迅速。

『家裡的一切都是我的！你們誰也休想覬覦！』他厲聲咆哮，再看向最後頭臉色慘白的妻兒。『放心好了，爸爸會保護你們的！』

維謙瞠目結舌的看著狂奔而去的厲鬼身影，保護？他下意識的看向站在外頭礁石上的賀濔燚，這是他許願成真了嗎？

「啊啊啊……！」曾詩佩雙腿一軟，跪在地上嚎啕大哭，賀濔燚從容的跨過護欄而返。

「他剛剛說了女人？」游智禔上前一步，「你有譜嗎？」

「只有一個人選吧？」他有點無奈，就知道那傢伙有問題。

美豔絕倫的盲眼占卜師，嫌疑實在太高了。

「你！你為什麼不幫他！你離他那麼近，可以阻止他殺我孩子的！」曾詩佩突然撲上前，抱住賀濔燚的腳。「殺人兇手！你這個殺人兇手！」

游智禔皺起眉，不敢相信自己聽見的指控！「太太，他跟鬼之間還有一段落差，不是同一塊石頭啊！孩子被往外拋，怎麼接得住？」

「可是他知道不是嗎？是看得見鬼……是道士什麼的嗎？」老公涕泗縱橫的揪起賀瀮焱的衣領，「你可以制住那傢伙的對吧！對吧！」

「對。」賀瀮焱不動聲色的看著丈夫，「但那不是我的事，我也不想插手他人的恩怨。」

丈夫聞言，瞪大雙眸，怒不可遏的掄起拳頭，就想要朝賀瀮焱一拳揮下。不過這種暴行怎麼可能傷得了他？只見賀瀮焱右手倏地箝住丈夫的手腕，又是一個扭轉，痛得丈夫叫出聲來，再補上一腳，將他踹回妻子身邊。

「你們兄弟姊妹還是家族間的事，自己審慎處理……」他回頭瞥了一眼，「現在的希臘路上都是惡鬼妖魔，我如果是你們，就不會在外面待太久，免得像那孩子一樣，死不見屍。」

咦？曾詩玉聞言，立刻拉了老公就往回跑。「走啦！你們沒聽到路上都是鬼嗎！」

「鬼……鬼會殺我們嗎？」王佳瑜一臉驚恐，「跟弟弟一樣。」

「會。」賀瀮焱斬釘截鐵。

「走、走了！」王佳瑜趕緊拉著母親，「媽媽快走啊！」

「嗚……我要去報警，我的……」曾詩佩還在痛哭失聲，丈夫也哀慟莫名，兩個人就坐在地上哭泣叫嚷。

王佳瑜厲聲催促著卻無用，然後她回身看著跑遠的大阿姨，鼓起勇氣，竟然拔腿就追了上去，拋下她的父母。

「喂！妳爸媽還在這裡耶！」游智禔不可思議的嚷著。

「別叫了，不意外！」小雪揮揮手，要游智禔別嚷。「她爸媽教出來的孩子都自私得要命，小的都那樣，大的也差不了多少，只想著自己而已。」

「可是……」游智禔依然是無法接受。

「她剛剛不是默許死靈把弟弟扔出去了嗎？」惜風幽幽出聲，「厲鬼知道她的意思，才把那男孩扔出去的。」

連她都看得出來，那姊姊對於弟弟的厭惡。

或許這只是小孩子間的排擠，或許是家庭教育造成的，或許只是年幼時的一時不滿，但遺憾的是還不到他們懂事前，就出現了這樣的選擇。

路上呆坐著一雙呆滯的母子，他們完全無法相信剛剛發生的事，一來是證實丈夫已身故，二來是他回來……殺掉親人？

「喂！快走！」賀瀰焱推了推發呆的維謙，「血腥讓鬼瘋狂，一旦落單或是進入他們的世界，你們會被吃乾抹淨的。」

維謙回過神，有些錯愕。「好……媽，我們先走。」

「……孝宇，為什麼要這樣！他發生什麼事了，為什麼死了！為什麼！」林琬淳難過的哭了起來，她一直懷抱著希望的。

「回去再想，我們先離開這裡。」維謙硬將母親攙起，「爸會告訴我們的……一定會！」

雖然事隔十年才現身，但是他心裡默默祈願，爸爸可以再出現一次，給他們一個答案。

「都是妳——妳這個掃把星！」曾詩佩又再度跳起，一股力量倏地將林琬淳給撲倒。

「我讓媽收留你們，居然這樣忘恩負義！」

曾詩佩壓在林琬淳身上，發狂的出拳狠狠的揍著她。

「媽把錢借給小弟失敗就算了，你們走投無路時還有臉跑回來，是我說服媽收留你們的，你們一點都不知道感恩，還害死了我兒子！害死——」

高舉的手被箝握住，維謙怒目瞪視著打人的二姑姑！「妳在做什麼！放開我媽！」

下一秒，他使勁的把二姑姑甩開，她狼狽的滾地，老公趕緊將她扶起。

維謙緊張的扶起林琬淳，她臉上青紫遍佈，嘴角都破皮滲出了血，看得他更是怒火中燒！

「我突然覺得爸回來真是太好了！」維謙怒不可遏的低吼著，「他會保護我們的！」

賀濡焱蹙眉，他說過吧，不要亂許願的。

對妻兒有愧疚的父親，會願意為了自己的家人化身為厲鬼的！剛剛那番話就已經聽出一二了！

他要做的是鏟除所有威脅到妻兒的人嗎？感覺上不管是不是血親，殺無赦啊！

唰——海裡出現了彈跳聲，惜風立刻往海邊看去，她原本以為是海豚嬉戲，卻意外的看見了……人？

「那是人嗎？」她瞇起眼，指向海中間正往岸邊游來的一群人，像是一大群女人在夜裡游泳似的，她們的泳速超快，快到有點令人咋舌！

惜風指向海，海卻彷彿感應到似的，那群正在游泳的人突然停下了動作，仰首直接攫獲了惜風等人的位子。

「有問題！」賀濡焱直覺不對勁，身上倏而彈出一抹紅影，緊張的擋在他面前！

「跑！快點跑！」

維謙扶起母親，丈夫攙起瘋狂不停咒罵的妻子，他們踉蹌的往前奔跑，小雪跟游智禔一人一邊架起又失神的小豆，邁開步伐也往回奔。

一堆鬼魂從賀濡焱體內不停竄出，他們個個臉色驚恐，彷彿面對著他們也不敢造次的對手！

「回來！乾媽，全部回來！」他大喝著，「我不要犧牲你們任何一個！惜風！水給我！」

惜風扔出一瓶礦泉水，賀濡焱即刻旋開瓶蓋，一邊推著她往前奔。

但是為時已晚，路上竟然出現了以亡靈堆疊的路障，他們邪氣逼人的笑著，那種陰之力的增幅，前所未見！

真是難以想像，死神不能找個沒人住的無人島開會嗎？如果祂們開會就助長死靈與妖魔，那人類多麼無辜！

「小心海裡的東西！」惜風高聲喊著，因為一大片海竟然像海嘯一般，原地升起成一道牆——

然後，那道牆的海水竟飛離海面，直直朝著他們過來了！

賀濡焱即刻將水往前潑灑，意圖以水牆阻止那攻擊力強大的海嘯——只是當水之結界立起時，他突然驚覺到，以水堵水，能有多少成功率？

『趴下！』腦子傳來驚慌的叫聲，那是乾媽的聲音，賀瀰焱立刻衝上前，由後緊緊護住惜風。

「全部趴下！要趴得比護欄低！」

他大吼著，將惜風往地面壓去，所有人根本慌了手腳，他一喊就絆了跤，剛好穩穩的趴上地。

海嘯之牆如刀刃般飛至，擋著賀瀰焱一行人的水結界佇立在那兒，當兩道水相擊時，賀瀰焱感受胸口一陣撕裂，他的水結界被擊破了——糟糕！

緊閉上雙眼，他扣著懷裡的惜風，不敢想像等一下會發生的事。

嘩——無盡水珠由天空降下，如爆雨般淋濕了每一個人，所有人禁不住驚嚇而尖叫，海水的鹹味傳來，灑了好一陣子才停。

但是，就僅止於此。

賀瀰焱緩緩睜眼，海水流進他眼裡，刺痛得讓他差點睜不開，趕緊以手抹除，撐起身子左右張望，發現剛剛圍在這裡的惡鬼已經全數消失，而那看起來如刀刃的海嘯撞破了他的結界，卻化成了海水？

抹去一臉海水，他狐疑不已。

「對付海之精靈，不該用水。」身後遠處，突然傳來聲音。

他立刻回首，那人站得很遠，還披著斗篷。

「下次試試看火，不要再用水了。」人影開始後退，「我可不希望你太早死。」

「誰？」他擰眉。

「快回屋裡去，設下安屋結界，寧芙們會上岸追殺的。」人影持續退到轉角那邊去，「快走。」

倏地一轉身，那人影衝進彎道處，失去了蹤影。

賀濛焱原本想要追上前，卻被惜風即時拉住！她渾身濕漉漉的搖著頭，對方身分不明，貿然追上去未免太危險！而且那個東西無論如何也救了他們一命，暫時清理了惡鬼妖精，應該可以信。

尤其他說，有什麼會上岸追殺？

賀濛焱鎖著她眸子，深吸了一口氣後，讓心境平復下來。

「我揹小豆，小雪跟游智禔去把台灣團的人叫到我們民宿去集合。」他走向一臉茫然的游智禔，他正在咳嗽，不小心喝到了海水，鹹到喉嚨痛。

「難得你要幫忙了。」游智禔這句話是在抱怨，他是想要救眾人的人，卻沒有能力，有能力的卻根本不想管事。

「哼。」賀濡焱冷冷一笑，不正面回答游智禔的諷刺。

惜風抿著唇，她可不覺得賀濡焱是轉性，他現在眼裡心裡腦子裡應該只有自己的事，加上初認識時他就覺得很多人是惡有惡報，根本懶得管。

不過就是嘴硬，真的能預防時，他還是會幫忙。

「走了！」賀濡焱揹起小豆後，大聲催促大家行動。

林琬淳母子被嚇得魂飛魄散，曾詩佩夫婦一時也沒情緒哭吼狂叫，四個人狼狽的往民宿奔去，惜風跟在賀濡焱身邊，抬起了左手。

「你儘管往前走，剩下的交給我吧。」她微微一笑，手指擱在動脈處，皮膚突然波動起伏。

一把刀子自皮下隆起，然後穿過了她的皮膚，浮了上來。

那是把黑色的刀子，並不是刀子是黑色的，而是有股黑色的東西籠罩在刀子之上。

死之刃，由死神給某個偏執的怨靈，再由她接收。

就算是鬼，被死之刃割傷就只能灰飛煙滅。

「麻煩妳了。」賀濡焱揚起讚許的笑容。

惜風露出一個很甜很甜的笑意，能有機會換她保護他，說不定是她這一生中，唯一能為他做的事。

第七章

寧芙

原本計畫的舒適住宿環境頓時改變，三樓是女眷跟小孩的住所，惜風、小雪、曾詩玉及一雙子女、王佳瑜跟林琬淳都窩在三樓。

原本曾詩佩也應該一起住的，但痛失愛子的她精神崩潰，必須由老公陪伴，而且惜風拒絕與她同住一層，因為壓力已經很大的她，不想再接受指責、質問與怪罪。

二樓住著賀瀟焱與小豆，還有維謙，曾詩佩夫妻倆他更是斷然拒絕，將他們納入保護已經仁至義盡，搞不好這些人還有話說，多餘的事他絕對不幹。

所有大家不要的都丟給游智禔，神愛世人，他秉持的理念讓他成為最佳照顧人選，對於泣不成聲的曾詩佩夫妻給予最大的包容、對於行動不便的阿嬤悉心照顧，不過在曾詩佩把他遞過的水給打掉後，他好像也沒有那麼大的耐心了。

季芮晨隻身一人在一樓靠門的角落窩著，她說自己是領隊，應該要在一樓才是；事實上她不停的打電話，半夜三點了，那兩對情侶仍不知所蹤。

傳了幾封簡訊，告訴他們大家轉移到藍色小屋了，也不知道有沒有收到。

賀瀟焱在一樓牆上、門上書寫著一堆符號文字，緊閉的窗櫺上已寫得密密麻麻，現在他在寫二樓的窗子，邊寫邊低唸著，惜風跟在身邊，嚴禁任何打擾！因為他正在寫護咒，避免任何邪妖鬼魅侵入這棟民宿。

「小萌，有感覺到什麼要說喔！」小雪也在二樓，交代著蹲在樓梯間的藍貓。

『喵知道，喵寫快一點！』小萌懶洋洋的催促。

氣氛非常低迷，除了孩子外大家幾乎都睡不著，曾詩佩還在痛哭失聲，曾詩玉則心有餘悸，不敢相信小弟不但早已身故，還回來殺了妹妹的孩子？

她下意識望向自己的孩子，不會吧……小弟也會傷害她的孩子嗎？也會這樣挖出他的眼睛、凌虐無辜的兒子嗎？

她緊緊抱著懷裡的胖小子，嚇得全身都在發抖。

背對著她的地鋪上，側躺著自己九歲的女兒，她背對著母親，跟王佳瑜面對面。

兩個女孩子在手掌心上寫字，悄悄的對話，她們感情相當的好，即使母親總是針鋒相對，可是不影響孩子們的感受；因為全世界只有這旁系血親最瞭解彼此的痛，她們都是長女，也都是不被疼愛的那一個。

「剛剛舅舅問我，要不要殺了弟弟。」王佳瑜在九歲的小晴手上寫著字，「問我說要留著他，還是把他扔出去。」

小晴瞪圓了眼，好驚訝的拉過表姊的手寫著。「那妳怎麼說？」

「我還沒說，媽就打我一巴掌，爸也說我當然要講救弟弟……但是我不想。」

「我也是。」小晴皺了眉，為了那胖弟弟她不知道受了多少不公平跟委屈。兩個長女在重男輕女的家庭中，爹不疼娘不愛，連阿嬤阿公也見著就罵。

「所以，我沒吭聲，舅舅好像知道我的想法，就把弟弟給扔出去了！」小晴雙眼一亮，用羨慕的眼神望著表姊。「好好喔，真希望舅舅也能這樣問我，然後把弟弟丟了！」

兩個女孩露出笑容，緩緩回身往身後緊摟著小凱的曾詩玉看，危險之際，媽媽還是只顧著弟弟。

兩個女孩甜甜的帶著笑闔上雙眼，王佳瑜開心的想著弟弟終於不在了，小晴祈禱著明天可以換她獲得這樣的喜訊，希望不認識的舅舅可以把弟弟也丟了。

三樓一片靜寂後，林琬淳躡手躡腳的走到一樓去，在二樓遇上了也起身的兒子。

「媽，我下去就好，妳去睡吧！」維謙壓低了聲音，但還是讓正忙碌的惜風聽見了。

「我怎麼睡得著……」林琬淳哭腫了一雙眼，剛面臨丈夫確定死亡的事實，又親眼看見丈夫的靈魂殺掉維維，她的身心都無法承受！

「去瞇一下也好，我去顧阿嬤。」維謙說著，催促母親上樓去休息，拿著藥轉身就下了樓。

一樓沒有人睡著，游智禔正在祈禱，外頭已經開始風聲鶴唳，許多手往玻璃窗上抓著卻看不見人影；曾詩佩夫妻倆帶著怨與恨看著世界，卻又對外面的聲響感到恐懼；睡在床上的老阿嬤不停的咳嗽，看來也睡得不好。

維謙走了下來，倒杯溫水就輕聲的挨到床邊，將阿嬤扶起吃藥，一邊輕拍著她的背。

「裝模作樣！」曾詩佩突然忿忿的說，「不要以為這樣媽就會留什麼給你們！」

游智禔回首，又在吵什麼？

維謙根本懶得回應，只是要阿嬤放輕鬆。阿嬤果然嫌外頭吵，他就從口袋中拿出兩個耳塞為阿嬤塞上。

賀濰焱忙完了二樓就到三樓上去，惜風走了下來，她實在厭惡那對夫妻的嘴臉，也不希望這裡再發生任何爭吵！

「一切都是你們！害人精！」曾詩佩果然越說越激動，「你居然還跟你爸說希望他這樣保護你們？你想要什麼？你是希望把大家都殺光嗎？」

「噓噓……」老公在一旁安慰著，曾詩佩卻哭得更大聲。

「閉嘴好嗎？」惜風立即開口，「你們要是再多說一句挑釁或是爭吵，就請你們立刻出去。」

丈夫錯愕的抬首，出、出去？他們不是才說外面可能有惡鬼橫行嗎？

「妳不能……」

「為什麼不能？這是我花錢租的民宿，收留你們已經仁至義盡，想在我這邊爭吵就自己想辦法對付所謂的鬼。」惜風注意到曾詩佩恨意的眼神，走到她面前蹲了下來。「妳如果不滿就出去，我不會強留妳。」

「你們……你們會下地獄的！你們明明都知道會發生什麼事，為什麼不救我孩子！為什麼！」曾詩佩發狂似的大喊，維謙皺起眉頭，就怕嚇著阿嬤！

「請給我一個為什麼要的理由，我們的工作？責任？義務？妳把孩子教得理所當然，你自己的心態也有問題。」惜風手指向了外面，「請出去。」

咦？曾詩佩終於愣住了，皺起眉不可思議的看著惜風。「不，外面都是……」

「我剛說過，再爭吵就出去，要我拖妳出去嗎？」她冷冷的望著曾詩佩，甚至動手要抓住她的手拖出門外。

意識到惜風是認真的，曾詩佩連忙搖著頭，縮進丈夫懷裡，喃喃說著對不起對不起，老公也跟惜風道歉，保證不會再爭吵。

哼，惜風冷眼望著這對夫妻，原來是看她文靜瘦弱好欺負，認為態度囂張些她就會退縮嗎？

「怎麼？」小雪聽見爭吵聲也奔了下來。

「他們如果再吵架，妳就幫我把他們都拖到外面去，交給惡鬼處置。」

夫妻聽了臉色蒼白，惶惶然的看著從樓梯上探出一顆頭的小雪，她揚起微笑。「沒問題。」

惜風瞥了一眼跪在床邊的維謙，他正輕輕拍著阿嬤的胸膛，溫柔並且有節奏的拍打著，他的父親成了厲鬼，還能這麼平靜，看來他對於父親所作所為沒有任何意見。

這家族真的非常奇怪，但她懶得管。

走到窗邊，她看得見外頭許多閃爍的紅色與金色雙眼，虎視眈眈的望著他們。

『喵！』小萌的叫聲突然傳來，惜風嚇得回首，就見小萌從二樓咻的跳落一樓，整個背都聳了起來！『喵嗚——』

她看見那雙綠色眸子瞪向窗外，立即正首順著望出去，卻赫見窗子上映了一張清麗臉龐，幾乎都要貼上玻璃般的大，嚇得她失聲驚叫一聲！

聲音很細，但是還是讓維謙跟游智禔聽見了，他們下意識的回身，知道這氣氛是發生了什麼事。

一張清秀的臉龐就在窗外，女人擰著眉瞪視著惜風，她全身都在滴水，膚白若雪卻不似泡水屍，身上穿著簡單的長洋裝，像是希臘羅馬時期的衣裳……最奇怪的是，她隨風飄揚的那頭捲髮，是藍色的。

詭異的希臘藍，在民宿外上那盞白燈下豔麗如海。

這就是……剛剛那神秘人士所謂的「寧芙」？寧芙是什麼妖精嗎？居然這樣美麗。不過只限於外表。

『喵小心！』小萌尾巴直豎，咻的往惜風這邊來，同一時間，那寧芙居然盛怒般的拿東西往玻璃窗砸了過來！

啊！惜風下意識蹲下身，卻只聽見咚的一聲。

她睜眼，再起身往外望，不止一個女人在外頭，她們手持著各式貝類，往窗子這邊扔過來——但擊不破窗戶，只是擊上、落下、擊上再落下的循環！

『……』寧芙大聲咆哮著沒有人聽得懂的語言，『……』

寧芙使勁打向窗子，玻璃窗依然無動於衷，裡頭佈滿賀瀟焱寫下的咒語，即使這是歐洲，他用的是東方術法，依然心誠則靈。

這個在梵諦岡中已經有了明確例子，相信，便會是一種力量。

『……』她大聲咆哮著，手腳並用的激動，但惜風還是不知道她在說什麼。

游智禔皺著眉往窗外瞧，好幾個正妹就算了，正妹後面是滿臉覬覦的死靈，可是就視線範圍望出去……沒有看見剛剛那隻厲鬼。

小雪跟賀濂焱都衝了下來，賀濂焱一下來就將惜風往後帶，不讓她接近窗子。

「不是有結界？」她覺得站在這邊不擔心。

「以防萬一，我不知道她們是什麼生物……寧芙？怎麼寫？」他對西方宗教的東西只懂皮毛罷了。

「寧芙？這是譯音！我剛查過了，那是精靈。」小雪好奇的望著外頭，「就是我們說的是精靈，大地精靈啦、樹的精靈、風的精靈那種——這一掛，大概是海之精靈了。」

「海的精靈找我們做什麼？她們看起來像是要把我們生吞活剝似的，倒像惡鬼。」賀濂焱還很認真的思考，「我最近有汙染海洋嗎？」

「我聽不懂她們在說什麼，好生氣的樣子。」小雪英文很溜，但她們說的不是英文。

曾詩佩夫妻已經躲到角落去了，他們低泣發抖，維謙戰戰兢兢的站立著，可是依然守在床邊。

唯有季芮晨，她緩緩起了身，走近了游智禔，還喊聲借過。

「她們說：」季芮晨雙眼熠熠有光的凝視著寧芙嘴型，「把—死—神—的—新—娘—交—出—來。」

什麼？惜風顫了一下身子，她們——在找她？為什麼！

而且為什麼連精靈都會知道她是誰！

「妳怎麼知道？」小雪好奇的望著她。

「我會的語言滿多的，所以才能當領隊啊～」季芮晨乾笑著，看不出來她一絲絲的自豪。「她們還說……」

季芮晨瞇起眼，認真的看著寧芙們的吶喊嘶吼。

「是誰汙染了海水？是誰引渡了死靈上岸？又是誰……」季芮晨一個字一個字慢慢翻譯，「誰意圖傷害她們？」

這一串問題，都得到賀瀟焱等人認真的搖頭，他們沒做什麼「直接」汙染海洋生態的事，引渡死靈上岸也不是人類能為，意圖傷害她們？拜託，五分鐘前他們才親眼看到海之寧芙原來這麼動人好嗎？

不過，死神的新娘，的的確確就在這裡。

惜風沉下雙眼望著外頭在交談怒吼的寧芙們，游智禔輕輕搭上她的肩，希望她寬心似的；突然間，她注意到寧芙們眼神往上望去，下一秒，幾個寧芙居然一躍而上！

「咦！三樓的符咒寫完了嗎？」她即刻轉向賀灝焱。

還沒！賀灝焱怔了一秒，還剩一扇窗子，因為聽見惜風的尖叫聲立刻衝了下來——腦子才運轉到這裡，三樓的玻璃碎裂聲應聲傳來，尖叫聲跟著此起彼落！

樓上都是女人跟小孩啊！

『喵惜風！』小萌飛快的往樓梯上跳，一邊喊著。『喵死之刃備妥！喵——』

咦？死……死之刃？惜風一咬牙，立即跟著往上奔，完全沒把賀灝焱的制止聽進去！

「游智禔，把你能用的十字架還是什麼祈禱都用上，好歹你是西方教派的！」賀灝焱一邊交代，一邊追上去。「小雪……」

「我知道，我會注意的！」她手裡緊握著雙鏈球，蓄勢待發的往二樓去！

惜風邊跑上樓一邊抽出藏在左手臂底下的死之刃，剛剛沿路回來幾乎沒有受到阻撓，再兇的死靈也畏懼死神的刀刃，她親眼看過這刀子只是劃開一個孩子的身體，刀上的黑氣便灌入，黑氣在皮下竄動。活生生將皮與肌肉分開，讓一個好好的人全身的皮被「脫下」。

這是把誰也不敢造次的刀刃，強大的利器，最重要的是只有她能運用！

「哇呀——」

小萌奔上三樓時，曾詩玉抱著小凱正要往樓下衝，剩下的兩個女孩子恐懼錯愕的抱在一起，小晴眼睜睜看著母親保護著弟弟離開，而且把她扔下來。

秀麗的寧芙已經進到了三樓，這位是褐色的長髮，全身是海水，浸濕了地。

『……』她怒不可遏的高聲喊著，手上緊緊握著尖銳的刀子……或是貝類。

「汙染海洋的人都該死！竟然把那種東西扔進海裡？」季芮晨的聲音突然出現在惜風耳邊，她真的非常稱職的跟上來翻譯。

惜風有點驚愕，她、她可以不必這麼盡責的，很危險啊！

「什麼東西？」她皺眉問著，季芮晨即席翻譯。

賀灝焱追上，打火機已然備妥，他最為強大的能力是召喚地獄業火，並且以業火燒盡一切——但是，這能力只限於原生土地，在歐洲的土地上，如果沒有他神同意出借，不會有人鳥他。

必要時才能商借業火，但在此之前，他使火的能力還是能讓他以打火機助助威！救他們的神秘人不知是何方神聖，但是他也已經親眼看到自己構成的水結界在海水攻擊下毫無招架之力，得改用火，燒乾水。

他一上樓又是將惜風往懷裡攬，向後退了好幾步，就算她有死之刃，還是應該小心為上。

漂亮的寧芙皺了皺鼻子，白皙的肌膚突然轉成青色，層層如魚鱗般，肚子逐漸隆起，有些像懷胎十月的模樣……只是一般人不會這麼快！

只見她的肚子越來越大越來越大，連衣服都撐開破裂，肚子上詭異的青綠鱗片跟著一片片翹起，緊接著又一片片彈飛！

最後，她的皮膚被撐到好薄好薄，又高舉起手中尖銳如劍的貝殼。

「哇啊！」小女孩們根本嚇得摀住雙眼，惜風這才意識到這邊還有小孩在，可是現在這情況根本誰都沒有空管她們了。

寧芙用貝殼刃直接剖開自己的肚子，裡頭飛濺出來的不是血，而是腥臭噁心的海水，嘩啦啦的從肚裡流出，緊接著是一隻……手，小小的手從肚子裡滑了出來。

現場所有人都掩鼻而退，那味道實在太噁心，讓人忍不住想吐，只見寧芙左手往自己腹腔裡一伸，下一秒就抓出個孩子，狠狠的往地上一摔！

直接摔到了抱在一起的兩個小女孩面前。

「哇呀——」小女孩身上被血肉濺上，嚇得魂飛魄散。

落在地上的屍塊身上覆滿了海草，看起來黏膩噁爛，但是他是仰著的，看得出來是個孩子，而且是個沒有眼珠子、面目全非、血肉模糊的孩子！

是維維！惜風僵直著身子，寧芙口裡所謂的汙染海洋，是指這一件事？

在大家還在驚駭與作嘔中，寧芙不知何時恢復了原本的容貌，婀娜的身段與平坦的小腹，唯一不變的是手上那尖銳的貝殼，掃視著一整間屋子。

「一樣的臭味，就是你們這些膚淺的人類。」季芮晨又進行即席翻譯，「我說，是不是應該閃了會比較好？這一句是我說的！」

說時遲那時快，寧芙居然持刀朝坐在地上不停尖叫的女孩們奔過去，季芮晨早就滑上前將兩個女孩往外拖，向後直往樓梯拖去。

寧芙撲了個空，卻像在空中游泳一般立即旋身往左轉九十度追殺而去，賀濡焱冷不防一個箭步擋駕，手上的火立即點燃，瞬間一大球火團就朝寧芙襲去。

守在二樓的小雪見到從樓梯下來的季芮晨，急忙上前幫忙接過女孩子，兩個女孩根本已經嚇傻了，而一雙大手突然接過了她手中的女孩，是小晴的爸爸！

小雪望向男人有些錯愕，這男人太沒存在感，因為這個家的女人都相當強悍，她幾乎沒印象這男人有聲音……不過，卻是唯一一個上來接過女兒的爸爸。

王佳瑜的父親還在樓下躲藏，失去了兒子，他們就像什麼都沒剩下似的。

橘豔的火團包圍住寧芙，她嚇得發出尖銳驚叫，步步驚退之餘，卻突然自窗外引水，水從窗外如帶狀捲入，形成龍捲風的模樣，瞬間澆熄了她身上的火！

寧芙受了傷，身上帶著焦黑燒傷，卻益顯怒不可遏，賀濡焱依然把玩著打火機，想的是要再把火弄得更旺，瞬間燒乾她身上的水才對。

只是才在思考，窗子忽然跳進另一隻寧芙，緊接著是下一隻！

「這也太多了吧？」賀濡焱望著窗子，要是一直不封，她們不就源源不絕？

「能把三樓隔絕嗎？」惜風想的是到二樓避難。

「不行，樓梯是開放空間，一時之間來不及──小心！」兩隻寧芙瞬間襲至，賀濡焱一把推開惜風，用火攻擊撲來的寧芙，卻沒注意到另一隻居然突然轉身衝向惜風！

『喵揮刀！』小萌的聲音傳來，硬是跳到寧芙面前阻礙她，寧芙見著小萌戛然止步，以不可思議的眼神瞪著牠……然後，又看向惜風。

『……』寧芙緊皺著眉，衝著小萌跟惜風說了一大堆話。翻譯已經下樓了，根本聽不懂啊！

不過，殺意很好辨別，至少當寧芙大聲吼叫，雙手都拿刀朝她刺過來時，她就明白剛剛說了什麼根本不重要！

揮刀，惜風緊握著死之刃，忿忿的往空中掃去——電光石火間，那寧芙大跳一步，死白了臉色。

咦？她們也怕死之刃？惜風揚起了笑意，不只鬼怕，連妖精都懼怕？

『……！』這語調聽起來怒氣沖沖，寧芙咬著牙轉動手，惜風聽見海浪聲變得巨大，可以感覺得到有什麼東西要過來了！

『喵殺掉！喵快點解決她！』小萌氣急敗壞的喊著，『喵快點！再不動手就來不及了！』

賀濂焱聽見了小萌的大喊，感覺到屋子正在震動，而眼前那個他正在焚燒的寧芙依然在掙扎，不是業火力道就小得多，但是他正專注靈力讓火旺盛，至少燒乾她意圖操控的水分！

惜風望著寧芙有些遲疑，殺掉？她們看起來就像是一般人，怎麼殺？

『喵快點！』小萌還在吼叫，『從心臟刺進去！』

震動越來越大了，滿屋子充斥著尖叫，惜風握著死之刃的手在顫抖，卻還是咬著牙衝了過去！

小萌沒有交代寧芙會不會閃，但是當惜風往前衝時，小萌也立定跳起撲向那在進行召喚的寧芙，讓她瞬間分心——下一秒張口咬住她狀似召喚的手指，給了惜風一秒的空檔。

就是現在。

她閉上雙眼，將死之刃刺進了美麗女子的胸膛！

『呀——』那正被火焚燒的寧芙發出淒厲的尖叫，不是為被燒毀的自己，而是瞪大的眼望著隔壁被死之刃刺進心窩的同伴。

死之刃戳進寧芙胸膛裡時，惜風得到了奇異的感受！

她聽見心跳聲、感受到一股熱度或是生命正從寧芙的身子褪去，刀子如同漩渦的中心點，所有的生命都朝著那把刀湧來，而黑色的氣體同時間竄入寧芙的心窩裡，惜風眼睜睜看著她白淨的肌膚覆上一層灰色……然後變黑……

『死神的……新娘……』寧芙最後吐出的字，惜風竟然聽得懂了。『妳犯了大……錯……』

「什麼？」她聽不懂，這寧芙說什麼。「妳知道我應該怎麼做嗎？我不想當死神的新娘！」

寧芙泛出一抹笑，雙眼空靈，死之刃的黑氣將她皮下都轉為黑色，惜風慌張的將刀子抽起，試圖給寧芙多一點點說話的時間。

但是，在拔刀的瞬間，那寧芙瞬間崩解成塊，黑氣從她身上的孔竅中竄出，將她全身上下掃過一遍之後，再度飛回死之刃上。

寧芙的身軀被黑氣銷化成灰，成為黑氣的一部分，回到死之刃裡。

她什麼都沒剩下，唯一剩下的是落在地上那海藍色的結晶石……死意？清澈透亮的藍寶，這是寧芙的死意？

『啊呀啊啊……』左邊傳來驚恐的叫聲，另一個寧芙衝上前抱扯過快被火燒焦的寧芙就往窗邊拖去，簡直是在逃難。

她們是懼怕灄焱的火，還是她的刀？

「窮寇莫追。」賀灄焱關上打火機，一旦出去了就是她們的天下，只有這裡才是他們的堡壘。

惜風望著賀灄焱，緊蹙著眉心，手裡緊緊握著死之刃在發抖。

「她認出我是死神的人了……還說我犯了大錯！什麼錯？」惜風其實無時無刻都想

哭，都想吶喊！

「噓噓……」賀濡焱上前意圖抱住她，惜風卻下意識的後退，慌亂的阻止他。

「刀子還沒收起來……」她搖著頭，趕緊將死之刃刺入左手臂，刀子即刻沒入手裡。

接著她蹲下身子，以鑷子撿起那顆手掌心大的藍寶石，這是一個寧芙的死意嗎？

大手伸了過來，賀濡焱將她納入懷裡，惜風只能任憑他這樣抱著，感受著只屬於賀濡焱的溫暖、他的心跳聲及他的氣息。

「別想太多，走一步算一步，遲早要上衛城的。」他吻上她的髮、她的額。「先想想到時怎麼跟黑帝斯請命比較重要。」

「我什麼都不知道，一點心理準備也沒有……」她緊咬著唇低泣，「我說想要擺脫祂，卻根本不知道該怎麼開始！」

「會結束的。」賀濡焱扣著她的後腦勺，她仰首凝視著他。「死神已經在這裡了，我們找不到路，祂一定也會動手，祂——不可能不知道我們在這裡。」

望著淚光閃閃的惜風，賀濡焱只是輕笑，冷不防的俯頸就吻上了她，這個吻惜風沒有準備卻也沒有推拒，她是嚇了一跳，可是身體被強大的力量擁著，沒有什麼好擔心的。

賀濡焱的吻與他的外表不同，是熱切並且溫柔……一點都不冷漠。

「喂！會不會太誇張！我們樓下都不知道慘狀如何，你們在樓上接吻喔！」小雪的聲音冷不防的傳來，「等等三樓給你們開——喲，這什麼？屍體嗎？」

嘖！賀灝焱戀戀不捨的離開惜風的唇瓣，舌尖刻意滑過她的唇瓣，帶著強烈的挑逗，一陣酥麻讓惜風驚慌失措，滿臉通紅！

「剛剛那小子的屍體，大海把他還回來了。」賀灝焱走到扶牆邊往樓下看，「叫他父母上來收個屍吧！」

「叫他父母？」小雪皺眉。

「不然？叫我收嗎？我不幹。」賀灝焱大手把面紅耳赤的惜風摟過，「看不慣我的話妳收。」

「為什麼要我！不是……他們會收嗎？」小雪不耐煩的唸著，「剛剛他女兒慘叫成那樣連動都沒動了，好像只有兒子才是人！」

「哼，就是這樣，他們才該來收啊！這是他們最寶貝的兒子不是？」賀灝焱冷冷笑著，摟著惜風往樓下走，繞著迴旋梯往下，二樓路口是抱著九歲女兒的老爸，跟拉著王佳瑜的林琬淳。

糟，那女兒聽見了。

「學會自己疼愛自己，不必仰仗他人。」他開口，直直望進王佳瑜的眼底。「學學妳表哥跟舅媽。」

王佳瑜早熟的眼神回望著他，垂下眼睫當作點頭，似懂非懂。

再往下走，一樓的游智禔就站在樓梯口仰望著，剛剛小雪喊的他都聽見了，他為了保護這些人又怕又急，聽見惜風的叫聲何嘗不慌張……但是，他們還有空在上面接吻？

「喂，你們寶貝兒子的屍體在樓上，去看最後一眼吧！」賀瀮焱走了下來，朝著角落的父母吩咐，他們還真的棄大女兒於危難而不顧啊……

「賀瀮焱，你會不會太絕情，他們都失去了兒子，現在還──」游智禔就是看賀瀮焱不爽。

「我就是這種人，博愛的游先生，那你去幫他們吧！」賀瀮焱不慍不火，他也懶得跟他吵。「或是報警也行，我是不反對，只要你們有本事度過接下來的夜晚。」

這扇門一出、或是警察一進，剛剛那些可怕的寧芙就會堂而皇之的衝進來。

砰──一樓的木門傳來陣陣巨響，透過一旁的兩扇窗，還可以看見……泡水屍們正在抓著玻璃窗，爭先恐後的想要衝進來……拖他們下海啊！

一屋子上上下下，無論是誰，根本都是騎虎難下啊！

第八章
天空之城

天亮時，是驚人的急促敲門聲把一樓的游智禔嚇醒的！昨夜外頭徘徊的死靈者眾，寧芙雖然看似離開，可是小萌說她們還在附近伺機而動，一晚上都是撞門刮玻璃的聲響，原本以為大家都不好睡……但最終居然難敵睡意。

似乎是因為確認了不管是什麼都進不來，大家才稍稍鬆了一口氣。

一樓與二樓在賀濡焱的咒語下堅如堡壘，三樓被寧芙撞破的那窗戶雖然無可補救，但惜風人在三樓，死之刃也在她手上，以此換得一夜安寧。

所以當敲門聲再度響起時，游智禔根本是跳起來的！

「誰？」他戰戰兢兢的往前，看見玻璃窗外有焦急的身影。

是小豆的母親。

「別亂開門！」賀濡焱的聲音從二樓傳來，他也剛醒。「啊……天亮了！」

「天亮了沒關係吧？是小豆的母親。」大概是孩子在這兒，也是放心不下。

「嗯，開吧！」天亮了，該畏懼的事就不多了。

將門打開時，小豆的媽媽禮貌的跟大家打招呼，還端著一個大托盤的早餐進來，游智禔連聲說謝，她一臉憔悴的搖了搖頭，開始四處張望。

「他在二樓。」游智禔親切的跟她說兒子所在。

母親上了樓，賀瀟焱低聲跟她說明魂魄未尋回之事，那母親並不訝異，說神佛有顯示，兒子劫數未過。

賀瀟焱好奇的是為什麼會知道這樣的事？母親說阿嬤昨晚做了個夢，有人託夢說兒子有劫但暫時無生命危險，隔日起來時神桌上的香幾乎都攔腰折斷，卻有一支香徹夜點燃卻未減半毫。

母親認定賀瀟焱是貴人，只是上來看看兒子狀況，不過倒是沒料到有這麼多人！

賀瀟焱簡單的告知昨晚不安寧，拉了這群台灣團的來避難，早餐不必準備他們的，讓他們到店裡去吃便是。

一邊說，他一邊叫人起床。

維維的屍體用床單包裹，靜靜的放在一樓角落，賀瀟焱作法以防屍變，現在已經是內憂外患了，避免增加麻煩；其他人都被趕起床回去自己的民宿，他們還有事要做，沒時間理會他們。

「先吃點早餐吧？」小豆的母親走下樓，對著那家人笑著。

所有人都很憔悴，點了點頭，跟著她往門外去；小豆由賀瀟焱攙扶著，他仍舊精神渙散，而且眼神空泛。

「他看起來比昨天嚴重……」惜風跟小雪整裝下樓，望著小豆有些憂心。

「魂魄離開太久就會跟本體斷了線，三魂七魄一個都不能少。」賀瀮焱皺著眉，「我想吃完早餐就行動……可是……」

「不必在意我，我不差這一時半刻。」惜風微微一笑，低首向後。「小萌，急嗎？」

『喵沒差。』小萌懶洋洋的捲著尾巴，『喵想喝牛奶。』

「真的沒關係嗎？」小雪好奇的走來，她都蓄勢待發了說……

「祂們開會到今晚，所以爭取一點時間還是有的。」惜風溫溫的說著，事實上她不急，越到關頭，她心反而越靜。

並不是妥協，而是一種依賴感，總覺得有賀瀮焱在身邊，她似乎什麼都不必怕。

如果能跟黑帝斯請命成功，她就能獲得自由，以正常人的身分跟賀瀮焱生活、或是試著討論未來；如果失敗，有賀瀮焱在……他可以燒死她，祂連奪取靈魂殘塊的機會都沒有！

無論是哪種，生命的最後有朋友與喜歡的人陪伴，已經值得。

她心底做了最壞的打算，希望自己事到臨頭還能處變不驚。

大家在一樓用餐，鼻息間是屍體和著海水的味道，海水加速了屍體的分解，那對父母沒有把寶貝抱走，賀濎焱顯得有點不耐。

所以他吃到一半就走到隔壁去，吆喝聲大到這邊都聽得一清二楚。

「哇，賀帥哥這兩天脾氣好差。」連小雪都吐了吐舌。

「他有必要這麼說話嗎？他們才剛死了孩子……要他們收屍已經夠殘忍了，現在還催他們抱走！」游智禔倒顯得義憤填膺，「這種人怎麼會是什麼宮主……怎麼渡人？」

「渡想渡之人、幫該幫之輩，濎焱有自己的原則，他有能力不是自願的，也不表示必須犧牲自己為大家做事。」惜風冷冷的打斷游智禔的抱怨，「要他們收屍殘忍，那叫誰不殘忍？我嗎？你？還是那個阿嬤？」

游智禔擰起眉，「妳非得舉這種例子嗎？我們可以……叫警察啊！」

「喂，叫警察可以，但現在叫就太誇張了吧？等等又把我們都扯進去，人又不是我們殺的，屍體也不是我們搬的！」小雪噘起了嘴，都沒在用大腦思考。「還是你代表去解釋一下死靈跟寧芙的事？你覺得警察會信你嗎？」

「游智禔，你心腸好我欣賞，但人要有是非，要有原則。」惜風淡淡的說著，「不是孩子就該同情、不是可憐就沒有對錯，我認為事要論是非，再來想其他，而不是讓無謂的同情氾濫，而模糊了焦點。」

游智禔深深吸了一口氣，甩下刀叉，似是依然不能接受惜風的想法，他沒吃完就離開民宿，朝外頭走去了。

「哎喲……」小雪蹙眉，怎麼好端端的又這樣！為別人的事吵架最不值得了。「這又不關我們的事，因為別人吵架很蠢耶！」

「妳別管他，吃飽一點。」惜風壓低了聲音，「我在氣他，讓他去找教會幫忙，我們趁機上山。」

「咦咦！」小雪瞪圓雙眼，「妳要甩下他？」

「這是為了他好，他不該一直扯進來，讓他跟著教會處理這些事宜也不錯，說不定宗教可以協助解決。」她認真的望著小雪，「要不是我知道妳甩不掉，我也不會讓妳去！」

「嘿嘿，妳絕對甩不掉我的！」小雪一臉自豪，「我姊說啊——」

「不要再提妳姊了！」惜風沒好氣的唸著，「妳姊遲早會害死妳！」

「可是姊說，為朋友犧牲不算什麼，才叫義氣耶！」

惜風用力做了一個深呼吸，如果能平安回到台灣，她勢必要拜見一下小雪崇拜的姊姊，到底是何方神聖！

「別為我犧牲。」良久，她才幽幽吐出這幾個字。「真的不要。」

小雪燦燦發光的雙眼凝視著她，末了只是勾起一抹笑，接著抓起麵包大快朵頤，什麼也不說。

惜風無奈，把果汁喝完後，曾詩佩夫妻戰戰兢兢的走進來，望著地上包裹的屍體就是一陣低泣，討論著應該要報警，可是卻又不知道怎麼說明。

「不要看我們，快點帶他離開吧！」小雪擺了擺手，總覺得那對夫妻眼珠裡轉悠的都是壞點子，搞不好想賴在他們身上。

惜風起身，說要再去裝點果汁，逕自走出門外，從後門進入隔壁，一屋子都是人，默默吃著早餐，但是氣氛非常低迷。

而靠後門的神桌前，站著英挺的身影，賀瀮焱正雙手合十的站在桌前，手持長佛珠，嘴裡唸唸有詞，爐上的香重新點上，還擺放了新鮮的素果與牲品。

檀香繚繞，這樣的環境賀瀮焱應該比較熟悉與適應吧？

「早！」小豆都沒牙的阿嬤笑著跟惜風打招呼。

「走。」她微笑以對，「我在找果汁……噢！那邊！」

她笑著走到前頭去倒果汁，環顧四周，好像還是少四個人，季芮晨正在桌間遊走，一個個低聲問話，然後被很兇的嗆回去。

可是被嗆的她卻沒有一絲不快，當背對團員面對惜風時，竟露出很愉快的笑意。

「妳喜歡柳丁汁啊！」這聲音都要飛起來了。

「怎麼？這麼高興？」惜風倒覺得奇怪，這時刻，這團的人應該都要愁雲慘霧不是？

「今天行程取消啊！大家都說不要去了！」季芮晨眉開眼笑，「這還不值得開心嗎？」

「……」惜風有些愕然，如果說小雪的勇往直前是神經大條，那這位季芮晨是否根本沒有神經存在？「我想提醒妳一下，除了行程的困擾外，妳應該還有別的事情該擔心。」

「嗯？」季芮晨斂起笑容，困惑的望著惜風。

「像是那兩對情侶？還是昨天晚上那些東西晚上說不定還會再來，寧芙們昨天指著他們說同一個臭味，表示是跟死亡的孩子同一血脈的意思。」惜風盡可能用簡單的語句解釋，「也就是說，有的妖精殺人只是要藉口，同一血脈說不定都格殺勿論。」

季芮晨眨了眨眼，沒有驚惶也沒有害怕，只是做了兩個深呼吸。

「我懂了。」她最後劃上一個滿滿的笑容，「那兩對情侶不必擔心，他們說跟占卜師在一起，在天空之城呢！」

天空之城？惜風立刻抓住正要轉身的她。「天空之城？希臘有這個地方？」

「咦？有啊！」季芮晨理所當然的說著，「就是我們本來要去的景點之一，梅特歐拉！」

小豆的魂魄原本在曾孝宇那邊，但他說過有人接走他的魂，要他們上天空找！而今占卜師就在天空之城，完全對應了他們的猜測！

惜風連飲料都不要了，焦急的往賀瀛焱走去，他們必須即刻前往梅特歐拉。

「噓！」冷不防的，一隻乾癟的手握住了她，嚇得惜風回首。

小豆的阿嬤對她比了個噓，搖了搖頭。「他在做早課，不能吵他。」

「可是……」

「妳也試著去祈禱看看，把問題跟煩心的事都說給菩薩聽。」阿嬤輕柔推著她，「妳不說出來，菩薩不知道的！」

「我……」她嘆了一口氣，「我的問題不是菩薩能解決的！」

「為什麼不能解決？」老阿嬤咧開無齒的嘴巴咯咯笑了起來，滿佈風霜的手往惜風胸口輕拍。「心誠則靈、心誠則靈，相信菩薩！妳都不提，菩薩也救不了妳！」

惜風微微蹙起眉，為什麼覺得這老者話中有話？她知道什麼嗎？知道她真正的處境與背後龐大的壓力嗎？

內心的煩憂被阿嬤提醒而竄起，惜風望著神桌，她不瞭解宗教，因為從小到大，身邊已經有個死神，她還需要拜些什麼？信些什麼？

在賀濡焱出現前，她只相信人間有地獄。

有樣學樣的雙手合十，她在心中默禱，檀香的香氣很奇妙的讓她的心神漸漸平靜下來，背景放的梵文音樂也讓她不再心浮氣躁……與其說是在說自己的事，不如說像一種抱怨，她祈求菩薩能助她成功擺脫死神的掌控，她不想就這樣離世，她想要以正常人的身分，免於威脅的活下來。

只是……想要自己與周遭的人都免於生命威脅，念完大學，好好找個工作，談場戀愛，或許跟心愛的人共結連理，組一個幸福快樂的家庭。

噹！賀濡焱敲響前頭的地鐘，惜風倏地睜開雙眼。

在睜眼的那瞬間，她看見桌上的菩薩佛像，似乎正在望著她？惜風眨了眨眼，再定神一瞧，那雙眼分明是閉目，她竟眼花了。

「久等了。」賀濡焱帶著神清氣爽的笑容，「我有種負壓全數都解除的暢快！」

「看得出來！」惜風上前，很喜歡他的笑容。「我知道昨晚那死靈說上天空找是哪兒了，確有這個地方！」

「嗯？哪裡？」賀濡焱立即正色。

「天空之城，叫梅特歐拉，是希臘的景點之一！而且失蹤的那兩對情侶也傳簡訊跟季芮晨說，他們跟占卜師在一起，就在天空之城。」

「果然……我一直覺得那占卜師有問題！」賀濡焱緊鎖眉心，「我們立即去什麼歐拉的，我去跟老闆娘說，請他們安排交通工具……妳去找季芮晨，請她帶我們去。」

「咦？找她？」

「原本是小豆要帶我們去，但他少了魂魄我擔心，妳去央求她，錢照算，行情價雙倍。」賀濡焱邊說，就往廚房去，請老闆娘幫忙。

昨天說好的，不管外頭罷工抗議多麼如火如荼，小豆都說可以安排交通工具，帶他們去任何地方。

果然，小豆的媽也是有辦法，她要求二十分鐘的調度，一定將車輛與司機安排妥當！

「昨天那個占卜師跟妳說了什麼？」

在回民宿前，賀濡焱忽然開口問了，走在前頭的惜風一顫，說了什麼……

「妳刻意隱瞞，還對小雪使眼色。」根本沒逃過他法眼。

唉，惜風又重重嘆了一口氣，搖了搖頭。「你早就知道了？小雪說的？」

「妳的事我怎麼可能不關心？」賀濡焱摟過了她，寵溺般的用力一箝。「有什麼事不能跟我說的？」

「她說……我無法逃避的。祂一定會帶走我，任何人都幫不了我。」

「那女人的話跟小萌一樣，都聽不得，別太在意。」賀濡焱沉吟著，「等上了天空之城就知道了。」

「小萌牠……昨天也幫了我們大忙。」惜風覺得太敵視小萌也不好。

「總是多一分防範吧！」賀濡焱拍了拍她，「季芮晨搞定了嗎？」

「她說要她幫忙沒問題，只是……有點怪。」惜風遲疑著，「她問了我十次：確定要她帶隊嗎？」

「十次？」賀濡焱不明白，「對自己沒信心？還是不想帶？」

「我不知道，可是我回了她十次確定，她就很嚴肅的說她去準備東西，等等過來會合。」

賀濡焱不解，那個季芮晨一直怪怪的，倒不是說又有什麼心機，就是覺得不太像平常人。

昨晚那種情況，寧芙殺氣騰騰，她還有空翻譯，真的很厲害了。

他身邊怎麼這麼多這種人，嫣是一絕、小雪是一絕，現在是一山還有一山高？

無所謂，賀濡焱睇起眼望著碧綠海洋，耳邊聽見的是不遠處的抗議氣笛音，罷工抗議風潮已起，這一趟上山怕是難上加難。

但套句小雪說的，總是要刺激一點，才叫旅行是吧？

※　※　※

梅特歐拉，位於希臘中部的狄姆比峽谷，這裡是修道院群所在，每一間修道院都在巨石之上，這些巨石聳立，旁無道路，地質學家已確認這些巨石岩山過去曾在海平面底下，所有巨石都有海蝕痕跡。

梅特歐拉，希臘語是「懸在空中的意思」，因為這裡的山巒如倒插的針尖，絕壁上是一座又一座與世隔絕的修道院，過去要上山唯有透過纜車與吊繩才能上下，所以被認為是最適合「修行」之處。

每一座修道院都是這樣以吊繩從山上運材料，一磚一瓦歷時數百年興建而成，只是現在只剩下六座修道院還開放；而世界已然進步，六座修道院成為觀光景點，並修建樓梯通往高聳的修道院，遊客不需要爬上山，但還是有些艱辛。

尤其在大罷工的時候，更是艱難。

小豆的夥伴開著小車子載著大家往梅特歐拉而去，有一小段路程，重點是罷工抗議浪潮驚人，這些少年說，平常希臘人工作都沒有抗議來得認真，因為他們只喜歡工作很少時數，而休假很長時間。

因為他們也不想要為債務多做點事情，高福利是唯一的要求，反正欠債不愁，歐盟國家會幫忙解決，既然有金主會在後面出錢，他們為什麼要這麼辛苦的工作。

惜風聽了他們的工作習慣簡直咋舌，只怕所謂的「辛苦」，不及台灣的五分之一，居然就喊累？而且欠這麼多債卻想著有人付，這種心態真的超級要不得。

難怪德國人要高喊：為什麼我們要賺錢為希臘懶鬼償債？

這種理所當然又傲慢的心態，實在叫人很難接受……尤其像現在，多少觀光客在希臘，說罷工就罷工，而且還罷得非常勤奮，付出比平常工作多數倍的努力在抗議——就為了高福利高享受與不還債。

這種態度，不知道為什麼讓惜風聯想到那家子的孩子們。有點像，那種心態跟驕傲的態度，害她不由得連結起來。

由於罷工的緣故，雅典塞滿了人，要到天空之城不能走正常道路，所以少年們先用摩托車載大家過去，六人座小巴在中繼站等著，分批載送。

嗯，分批，因為不是只有他們一行人與季芮晨。

莫名其妙的，其他人也跟了上來，兩對夫妻跟一對母子，老阿嬤就交給店家幫忙照顧。

「他們跟來幹嘛？」小雪扶著車頂扶把，忍不住抱怨。

「害怕吧，每次都這樣，哪個人不是想要找人依賴著？」惜風很瞭解這種人，「我們在梵諦岡時也是，總是怕自己有難，所以跟著有能力的人尋求保護。

「可是又沒人說要保護他們？」小雪嘟囔著，「這些人是怎樣啦！大白天的好好待在民宿就好了！」

「因為昨天寧芙說臭氣相同，暗指這一家血脈相關，不是妳說的嗎？」季芮晨也若有所思，「我也這麼覺得，所以這一家人算是人人自危吧！」

哇咧，小雪一臉尷尬，是因為她嘴快說溜嘴了嗎？問題是季芮晨幹嘛大嘴巴！

「不怪小雪，如果我是他們，我也會跟過來。」游智禔板著臉道，「因為自己無助，自然會尋求外力幫忙……有點良心的人都會幫！」

「我沒有。」坐在隔壁的賀灊焱，立即給了一個機車的答案，還不忘拋出一朵笑。

惜風輕笑起來，灊焱只是嘴硬，他不喜歡別人把事情當成理所當然，所以先排拒在外，可是每一次危急關頭，還是會出手；只是不是每一個人、每一隻鬼，他只選擇自己想保護的人。

若他這麼冷情，就不會為了她涉險，也不會在昨夜讓台灣團的人到民宿避難，以咒語保護大家，現在也不會為了一個認識不到二十四小時的少年往未知的危險去。

不過沒甩下游智禔她很失望，原本以為他會負氣的幫忙處理維維的事情，至少去尋求教會幫助什麼的，結果卻還是跟來了……還跟了這麼一大掛。

後面那家人的安危她不在乎，可是這車子裡的每個人她都在意。

一路顛簸，繞過長長的山路，直到不能再走為止，就是得爬上長長的階梯，每一座修道院都在不同的山尖上，季芮晨問了情侶們在哪兒，他們說在大梅特歐拉修道院。

而賀灊焱之前說了，占卜師在哪兒，他們就往哪兒去。

大梅特歐拉修道院位在最高的山尖，階梯相當陡峭，但是放眼望去，深刻的崖壁、壯觀的景致，每一座修道院都在山之巔，旁邊什麼也沒有，想起過往的人只能靠絞盤吊車順著崖壁上下，就明白這兒果然是「天空之城」！

壯闊得令人讚嘆，尤其在這座修道院，還可以看到對面那座山巔的修道院，兩座修道院往來則用纜繩，所有壯麗都映在藍天之下，無一不讓人心曠神怡。

只是一路上不能說安全，尤其登上修道院時，就能感覺到那山勢陡峭，修道院就在岩石群上，遊客們都要特別留意，可不能在這裡嬉鬧奔跑，否則一不小心就會墜崖。

才剛上去，就聽見了熟悉的爭吵聲，希臘罷工讓修道院沒有遊客，所以待在上面的人就只有大家都認識的那兩對情侶了。

「我早就知道你們有問題！別把我當白痴，我看過你們的簡訊！」吳佳蓉指著陳靜如尖聲喊著，「每次說一起出來玩，多少次都是把我扔下，你們兩個卻膩在一塊兒！」

「真的假的？」王敬傑意外的望著女友，「佳蓉，妳話說得太過分了吧，每次出來玩我們都是一對一對在一起的！」

「最好是！上次去月眉時，我不敢坐雲霄飛車，結果你陪我就變成他們兩個在玩，你沒看他們笑得多開心！」吳佳蓉忿忿不平，「他們私下在通的 APP 才誇張，你身為男友什麼都不知道啊！」

「APP……」王敬傑望向女友，「她說的是真的嗎？妳跟 Ricky 有……曖昧？」

「就只是朋友而已，什麼曖昧不曖昧？」陳靜如有些不耐煩，「我跟他是好朋友，聊天什麼是正常的，難道交往了就不能有異性朋友嗎？」

「……是可以，我沒反對過。」王敬傑嘆了口氣，「但如果你們之間不只是朋友……」

「就只是朋友！」陳靜如大聲駁斥，「你不要跟著那瘋女人起舞好嗎？你信她還是信我啊，我是你女朋友耶！」

「只是朋友？那這是什麼？」吳佳蓉突然拿出手機，調出一張照片。「我出發前拍到的，朋友會摟得這麼緊嗎？那天 Ricky 說加班，我卻在士林夜市看見你們兩個！」

照片裡似乎是證據之類的，甫上山的眾人氣喘吁吁，沒空過去看他們的紛爭。

修道院大門深鎖，而前頭的空地照理說是讓人們遠眺這高處壯麗，不過眼下的情侶不但吵得不可開交，而且邪雲罩頂。

賀濔焱看著每個人的臉色都非常惡劣，不是睡眠不足這檔子事，反而像是中邪一樣的發黑，雙眼血紅，身上罩著一股不祥。

除了那蒙眼占卜師之外，她靜靜站在一旁，身邊還有個傾慕的男人正凝視著她，瞬也不瞬。

女友在那邊為他吵得不可開交，他雙眼卻痴迷的只望著占卜師。

王敬傑走過去看了照片後，眉頭深鎖，拿著手機對向女友，陳靜如扁了嘴，一臉無所謂的樣子，一把揮掉手機。

「反正就這樣，隨便你們怎麼想，要分手我也無所謂。」陳靜如驕傲的哼了一聲，「這趟旅行後我們本來就要跟你們提分手的！Ricky 早就受不了妳了！」

「夠了。」王敬傑竟上前撿起手機，拍拍灰塵後塞還給吳佳蓉，二話不說帥氣的離開。

小雪悄悄附耳，「超直接。」每一個人都是。

王敬傑轉身過來時看見一夥人有些錯愕，先跟季芮晨道歉，然後說他想先下山；季芮晨同意，但要他下山後守在車子邊，不然他一時間也沒辦法回市區。

賀瀰焱回頭瞥了王敬傑一眼，他的確是最不嚴重的一位，可是……「游智禔，你去幫他祈禱還是什麼一下。」

「咦？」游智禔錯愕。

「什麼聖水的隨便點一下，對他進行簡單的祈福。」賀瀰焱催促著，要他追上王敬傑。

游智禔雖然不明所以，但是知道賀澐焱可能察覺到了什麼，於是飛快的跟了上去。

「妳是我最要好的朋友，怎麼可以這樣！」吳佳蓉開始哭了起來。

「我有什麼辦法……每次都一起行動，我就覺得我跟 Ricky 比較合啊！」陳靜如忙不迭的回首望向 Ricky，「Ricky，你說句話啊！你不是說要跟她分手。」

「嗯？分，都分。」Ricky 望著兩個女生，眼神卻沒有對焦。「妳們兩個我都不要了。」

咦？陳靜如驚愕的望著他，這不是她要的答案啊！

「你說什麼！你是要跟她分手！」換陳靜如氣急敗壞。

「我是要跟她分手，但我也沒打算跟妳在一起。」Ricky 聳了聳肩，「拜託，妳有男友還跟我來往，誰曉得以後跟我在一起時會不會勾搭別的男人？」

「勾搭？明明是你追我的！」

「那妳可以不要被追啊！」Ricky 不耐煩的唸著，「明明自己水性楊花還有理由！妳有男友就應該拒絕我好不好！我怎麼會對妳這種女生認真！」

吳佳蓉在後頭氣得握拳，她原本恨陳靜如恨得要死，但現在聽見自己的男友說這種話時，有一種理智線斷裂的感覺。

「你在玩弄我們兩個？」她不可思議的嚷了起來。

「妳們不是都得到快樂了嗎？彼此受惠吧？幹嘛搞得自己跟被害人一樣？」Ricky 一副輕浮模樣，又轉向占卜師。「還是占卜師算得準，她昨天說了，妳們兩個都不適合我。」

「你——占卜師說什麼你就聽？」陳靜如簡直怒不可遏，「那只是江湖術士！」

「閉嘴！妳自己也說她很準的，不然她怎麼知道妳工作上的事？妳明知道她很厲害！」Ricky 氣定神閒的維護起占卜師，「也知道佳蓉爸媽的狀況，沒有人跟她說，她也聽不懂中文，這還不神嗎？」

「神！超神！」季芮晨忽然莫名其妙的插進這場好戲中，一票人愣了一下。「但再神也不能脫隊吧？你們這樣要我怎麼帶團呢？麻煩歸隊好嗎？」

季芮晨脫線演出，現場立刻安靜下來，根本沒有人料到她會突然來這招，現在還拉著兩個女生往後走，他們就算情人吵翻天都無所謂，可是該守的規矩還是要守啊！

「你也是。」季芮晨無奈的對著 Ricky 說。

「不，我想跟她在一起。」果不其然，Ricky 迷戀的望著占卜師，還勾過了她。

盲眼占卜師意識到身邊的男人勾住她的手，竟挑起一抹笑。

「這是我們的團員，我不知道妳在做什麼，但是可以請妳放手嗎？」季芮晨下一秒立即以流利的英文與占卜師對話，「昨晚妳不該帶他們來這邊，對我很難交代。」

「我是帶他們避邪，希臘充滿死亡之氣，是我保護了他們。」

「妳的動機我懶得管，但是我要這少年的一魂一魄。」賀瀮焱說的是中文，「翻譯一下！」

望著季芮晨有些錯愕的臉，小雪忍不住噗哧一聲笑出來，這領隊已經插花得夠誇張了，賀帥哥更是如入無人之境啊。

占卜師聽著，卻勾著笑容，她完全沒有否認，甚至一臉得意。

「想知道他的魂魄在哪裡，可以付費占卜。」她往前兩步，Ricky立刻殷勤跟上。「我可以用這裡的石頭為他占卜。」

「根本不需要占卜，我現在就要他的魂魄！」賀瀮焱擰起眉，「妳是什麼東西？取人類的魂魄做什麼！」

「喂，你這傢伙在兇什麼！她只是個占卜師，什麼魂魄不魂魄的？」護花使者再現，上前跟賀瀮焱對嗆。「想問事就付錢，這麼基本的道理也不懂！」

「死到臨頭的人還囂張。」賀瀮焱根本懶得理他，「我不管妳是什麼，我也不是來對付妳的，我只要回這孩子的一魂一魄！」

季芮晨繼續忙著翻譯，只見美豔的占卜師深吸了一口氣，緩緩移動腳步，因為她雙眼蒙著，無法從眼神判定她的思考，或是她在看著什麼。

但是，當她把手舉起，直對向惜風時，惜風有種背脊發涼的感覺。

「妳，逃不過妳的命運！」她大聲說著，聲調非常的高昂。「今天晚上，死神將會迎娶祂的新娘！」

這句不是英文，而是純粹的希臘語，季芮晨遲疑的翻譯著，忍不住多看了惜風一眼。

不……今天晚上？惜風忍不住踉蹌後退，小雪連忙扶住她。

時限是在今晚！不是只是說要來處置而已嗎？死神已經準備好了！

賀濔焱一顆心跳得劇烈，他一直知道時間不多，但當有人把確切時間說出來時，一切都變得截然不同。

他們沒有時間再浪費了。

二話不說，賀濔焱立刻衝向占卜師，那速度之快讓眾人措手不及，Ricky自然上前擋，不知道這傢伙到底是來找什麼碴的！

「滾開！」賀濔焱一拳就把 Ricky 打倒在地，手裡不知何時握著的刀子直抵占卜師喉間。「交出來。」

「我不知道你在說什麼。」占卜師冷靜異常，「都什麼時候了，你還有時間管一個萍水相逢的男孩？」

季芮晨盡責翻譯。

「妳認為我不會下手？」賀濎焱擰眉，「我打賭妳不是人類。」

「既然知道我不是人類——」占卜師忽地嫣然一笑，「那你怎麼可能傷得了我呢？」

說時遲那時快，修道院前的岩石地突然天搖地動，崩裂出一條細縫，所有人尖叫不已，紛紛就地蹲下維持平衡！

站在一旁的季芮晨慌亂的雙手合十，她實在不想遇到這種事啊！

一條綠色的東西倏地從縫中蹦出，俐落的捲起賀濎焱的腳，將之高高騰空拉起！

「濎焱！」惜風雙手扶地，穩住重心，看著那綠色似藤蔓的東西將賀濎焱綁在空中甩動！「那是……又是什麼植物！」

小雪定神一瞧，哎了聲。「那哪是什麼植物啊！那是蛇吧！」

青綠色的大蛇尾巴，從紋理就可以分辨而出！

「蛇？岩山裡面怎麼會有蛇！」後頭的夫妻們喊了出聲，這太誇張了。

他們還沒有搞清楚占卜師不是普通人，或者根本不是人，惜風一咬牙倏地就往賀濎焱衝去，順道抽出手臂下的死之刃！

死之刃威力驚人，她根本還沒靠近，那蛇尾居然鬆開賀濎焱，急速的鑽回地底，占卜師花容失色的高喊 Ricky 的名字，要他帶著她逃進修道院裡！

雖只是匆匆一瞥，但惜風也確定那綠色的東西是蛇，蛇鱗閃閃錯不了！但卻只有尾巴，頭呢？

『喵追進去！』小萌從背包裡硬擠出來，一躍而出。『喵快點追進去！』

嘖！賀濎焱摔得吃疼，身上傷痕累累，這隻貓卻在旁邊不停的咆哮催促！他察看腳踝，上有被蛇尾勒出的青紫色，他左手似乎挫傷，劇痛陣陣傳來。

「可以嗎？」惜風焦急的想扶他起身，「不行的話我去追就好！」

「當然可以！什麼妳去追！」賀濎焱咬著牙站起來，回頭看向小雪。「這裡交給妳了！去階梯看一下游智禔他們有沒有事！」

剛剛那震動，就怕階梯上的兩個人會出事！

「沒問題！」小雪聲調高昂興奮，賀濎焱對她這種把危險當玩樂的心態不敢苟同！

「YES, SIR～」

修道院的門被推開了一條小縫，小萌率先衝了進去，牠用貓的靈敏追蹤占卜師的方向，賀灖燚則一拐一拐的跟著牠身後走。

明知道小萌不能盡信，但這時候似乎又只有牠最清楚！

『喵這裡！要快！』小萌不時回首，『喵紀念盤呢？』

「紀念盤？」賀灖燚刻咒的刀子都備妥了，小萌在提什麼紀念盤？

惜風咬了唇，她也覺得尷尬，但是小萌堅持一定要她揹出來，還只跟那盤子待在背包裡。

「現在拿紀念盤？」連惜風都忍不住吼了。

『喵快點！』小萌邊嚷著一邊轉過彎，來到一間陳舊的房舍，立即進入。

惜風一邊跑一邊把背包裡的紀念盤取出，那是昨天跟老婆婆買的盾形紀念盤，上頭還有漂亮的刻紋，就是有點沉，但因為仿銅面的雕刻，讓人感覺非常特別她才買的。

現在在追占卜師，為什麼要拿紀念盤呢？她不懂啊！

走進修道院，一股涼意襲來，修道院裡有些昏暗，全是石頭砌成的建築裡，溫度頓時降了好幾度；不遠處傳來隱約的腳步聲，只怕是Ricky與占卜師的聲音，正往地下去。

小萌緩下腳步，一路走到一個地下階梯的路口，牠嗅了嗅，那下頭傳來一陣強烈的腥味。

『喵不能下去了。』小萌突然語出驚人，『喵惜風帶著紀念盤，喵用它來照路！』

「什麼？」惜風只聽見牠不下去這前半段，「妳帶我們到這裡，現在又說不下去？這下面黑成這樣！」

『喵用紀念盤！照路確定安全後再走！』小萌認真的再交代一次，『喵死之刃、喵刀子、喵火都行……』

「不要再喵了，煩！」賀濶焱拿出迷你手電筒，「妳最好不要搞鬼，小萌！」

『喵不會。』小萌忽然正經八百的說著，以身擋住賀濶焱。『喵惜風在前面。』

惜風在前面？賀濶焱皺眉，這未知的黑暗與地底，怎麼能讓——他想說話，但小萌的尾巴輕輕捲著他剛剛被蛇尾纏住的腳，舒緩感頓時傳來。

惜風深吸了一口氣，小萌這樣做絕對有其道理，她不爭，就拿著那發亮的紀念盤，小心翼翼的踏下有些潮濕的石階。

賀濶焱在後面打開手電筒，為她照亮路。

一步一步，得快點取回小豆的魂魄！

※ ※ ※

腳步聲在不遠處，她聽見了。

占卜師慌張的回首，面露驚慌，不小心絆了一跤，Ricky 趕緊攙扶住她！「不要急，他們不能怎麼樣的！」

「不……你不懂……」占卜師擰著眉搖頭，「他們誤會了什麼，那少年……」

她蹙眉仔細回想，但站在一旁的人何其多，許多人身上都有煞氣，少年……啊，有個少年的確精魂有所缺漏，所以呈現恍神狀態。

「我喜歡妳。」

冷不防的，Ricky 雙臂一張，緊緊的抱住了她。

這打斷了占卜師的思緒，她劃上微笑，她當然知道他喜歡她。

因為，她的目的就是要愛情，要一個男人願意為了愛她，付出所有一切。

「多愛？」她幽幽的說著。

「妳希望我怎麼證實？」

占卜師輕柔的扳開他的手，緩步往前走去，地下室相當潮濕，還有一股詭異的腥味，

Ricky 當這是海邊有的鹹味，沒有思考太多。

因為自從昨天見到占卜師後，他心裡就只有她了。

她拉著他的手，筆直的往昏暗的地下室走，這兒偶爾有些壁上的火燭照明，但總是看不清全貌，就像占卜師迷人的外表一樣。

「嗯？」他的手勾到了某個東西，拿起來看，是黏黏的一層薄膜，噁得他立刻甩掉。

「我要你全心全意的為我奉獻……而不是像你對剛剛那兩個女生一樣，玩玩而已。」她聲音柔媚迷人，聽了讓人心神蕩漾。

「我不會！妳跟她們不一樣！」事實上這句話他對所有女孩子都說過。

流利的口才加上不錯的外表，讓他在女人間無往不利，他每個都喜歡，也可以很快每個都不喜歡，漂亮女孩這麼多，何必死守一個？

況且戀愛這種事是你情我願，重要的是過程，何需介意結果？

現在，他就一心一意只想要獲得這美麗占卜師的芳心，不知道為什麼，即使瞧不見她的眼睛，他也為之迷戀。

「我的確跟她們都不一樣……」占卜師旋過了身，在一盞燈下，泛黃的燈光更襯出她古典美的臉龐。「而且我要的不是只有喜歡，而是愛。」

「我愛妳。」Ricky 湊上前，摟過了她的腰，將她往懷裡圈。

占卜師勾起魅惑般的笑容，舉起白皙的雙手向後腦勺去，竟取下了那塊綠色的布帕！

Ricky 以既期待又擔心的心情望著那張臉龐，看著布帕落地，呈現出更加姣美的臉龐。

「妳……天哪……妳好美……」

「真的嗎？」她雙眼未啟，低低笑了起來，竟帶著點嬌羞。

「我沒有看過像妳這麼美的女人……真的是……連希臘眾神都會為妳傾倒！」Ricky 賣弄了口才，身在希臘，以希臘眾神為例。

卻沒料到占卜師笑容略微僵住，冷冷笑了起來。

「是啊，神都會為我傾倒！」她露出更多的苦笑，「結果我得到了什麼？」

「什麼？」Ricky 聽不懂，他困惑的望著美女。

「當我偎在波賽頓懷裡時，他並沒有保護我……」她悲淒的向著 Ricky，雙手環過他的頸子。「你呢？在我受危難時，會保護我嗎？」

「會啊！」波賽頓？這不是海神的名字嗎？她的前男友叫這麼威的名字啊！

「那就太好了！」她泛出幸福的笑容，一頭長髮突然開始無風飛揚。「我就知道除了波賽頓外，依然有人會愛我的！」

咦？Ricky有點不安，為什麼她的頭髮會飛成那樣呢？好像後頭有狂風一般，問題是——這地下室沒有一絲風啊！

「我還沒自我介紹對吧？」她幽幽一笑，「我的名字，叫做梅杜莎。」

梅杜莎——Ricky瞪大雙眼，這名字不是——

尚未來得及反應，他就看到飛揚的頭髮竟然開始嘶嘶低吼，一大綹髮結成一塊，居然成了一隻又一隻的蛇！

梅杜莎就是跟波賽頓在一起，才被雅典娜變成怪物模樣的女人啊！傳說中只要看她一眼，就會……Ricky蒼白著臉色才要大吼，卻看見眼前的美人倏地睜眼。

一雙翠綠的眸子映著他的身影，美得讓人屏息……事實他也的確再也不能呼吸了。

梅杜莎冷眼望著眼前的石像，纖指心疼的往他臉上撫去，真是可愛的男人，男人都會為了愛她，不惜犧牲一切對吧？

『哈哈哈……哈哈哈哈！』梅杜莎如蛇般迅速移動，巨尾掃掉了那尊石像，男人頓成碎塊。『哈哈哈哈——哈哈哈——』

惜風打了個寒顫，止住步伐，那笑聲尖銳刺耳，通道間還有一陣沙沙聲響。

「別怕，我在這裡。」身後一陣溫暖靠近，惜風忍不住身子的顫抖，向後依靠在賀濡燚身上。

「你有聽見嗎？」她將死之刃往前比，「好可怕的笑聲。」

「早說那占卜師不是人，」他壓低了聲音，「小萌交代的妳記得了嗎？」

惜風點了點頭，他們走到了較寬敞的走廊上，依然是石子砌成的堅固牆面，但是空氣中真的滿佈腥臭味，而且……惜風腳一直踢到許多碎石塊，好幾次都差點絆倒。

『小心……』冷不防的，鑲在牆邊的一張臉忽然開口，嚇得惜風差點尖叫出聲！

賀濡燚原本一個箭步欲上前，但惜風想到小萌交代一定要她走前面，立刻以身再把賀濡燚往後擠壓，擎著死之刃上前。

『別這樣……』那是隻死靈，驚恐的雙手遮臉退縮。『我沒有要害你們……嗚……』

大手輕握著惜風的手腕，將之往後拉，那是滿佈海草的死靈，他腐爛的臉當然不可能好看，浮水屍真的讓人不舒服。

『那個在前面……不能用眼睛直視，得用……』死靈舉起手，骨頭瞬間斷掉，落到了地上，屍水滴滴答答，讓惜風屏住呼吸直想作嘔。

望著自己腐敗掉落的手，死靈有點失望，吃力的換另外一隻手，指向她手裡的紀念盤。

『討厭的女人跟海有仇，總是喜歡傷害我們，虐待海裡的東西……』突然又有另一道聲音傳來，是另一邊的死屍，從牆裡冒出來。

看來這占卜師，跟海底的亡靈處得不是很好。

惜風亦步亦趨的往前走，掠過死靈時，他們一個個離開，一直到賀濔焱的手電筒照到一張過分熟悉的臉龐，他伸手把惜風扣了回來。

是曾孝宇，昨晚的厲鬼，他倒立般的自天花板降下，依然滿臉猙獰。

「冤家路窄。」賀濔焱沉著聲說，佛珠在手。

『我們飽受那妖孽所苦，寧芙也拿她沒辦法，請快點將她解決掉。』曾孝宇低沉的說著，『千萬千萬不要直視她的雙眼！』

沒有攻擊，沒有傷人，厲鬼言畢就離，讓惜風跟賀濔焱都相當錯愕。

「不能直視她的雙眼……不會吧……」惜風喃喃唸著，「梅杜莎？」

她立刻翻轉手上的紀念盤，盾形、雕刻，仿銅製的反射……她將賀濔焱的手電筒拉過來照仔細些，角落的雕刻是個小小的人像，無頭卻有著一雙翅膀，下頭刻著「尼克」。

「尼克……這是尼克！」惜風倒抽了一口氣，「羅馬競技場雅典娜盾牌？」

「什麼？」賀濂焱可真搞混了，「妳在說什麼？」

沙——

迤邐聲傳來，賀濂焱立刻提高警覺，現在只有筆直一條走廊，沒有岔路，什麼東西過來很好分辨。

「跟海洋有仇、不能直視雙眼的東西只有一個。」惜風非常感謝小雪在無聊時幫她惡補希臘神話，「而當初帕修斯能贏過她，也是靠著雅典娜給的盾牌。」

賀濂焱暗自詫異，冷笑一抹，難怪小萌要說帶著，難怪那些死靈要她以紀念盤照耀前方，因為凡是直視梅杜莎雙眼的人，都會變成石頭。

「我記得她已經死透了！」

「看來還沒？」惜風開始拿盾往前照，聽著沙沙音疾速前進，再往前幾步就有岔路，無論如何必須提高警覺。

咻——尾巴揮動音傳來，賀濂焱背脊一抖，居然在他身後？

他即刻回首，就見龐然巨蛇尾向他掃來——手裡的佛珠往前一擋，結界遂起，硬生生將之彈了回去！

『啊呀——』慘叫聲傳來，佛法燒傷了蛇尾，這叫聲如此之近，惜風聽得出來就在轉彎後！

左手持盾，右手持刃，她全身不住的發抖，變成石像跟當死神的新娘。到底哪一個比較好？

她都不要！

電光石火間，惜風居然拔腿往前狂奔！

「惜風！」賀濔焱完全措手不及，他不知道惜風為什麼突然暴走的往前衝！

急起直追，路上掃過一堆東西，他厭惡的將蛇蛻下來的皮扔去，後頭風壓掃至，他急遽回身，看見的是巨大蛇尾朝他拍擊而來！

「火界！」他大喝一聲，打火機燃起的火盾瞬間放大，形成火龍般纏繞上蛇尾！

但他不戀戰，梅杜莎強大的地方是那顆頭，可不是區區的尾巴！

問題是——惜風呢？

范惜風咬牙往前狂奔，是為了要正面迎敵，向左繞了彎，梅杜莎一定知道她朝她奔過去了，一定會利用她的詛咒來對付她。

這裡如此狹窄，任誰都沒有絕對的勝算，一切只能智取，而她卻擁有強大的武器，還有一秒鐘的機會——

『該死的新娘，妳為什麼要找我麻煩！』一個影子居然從右後方撲了上來，剛剛掠過一間房，惜風以為裡頭沒人的！『你們找錯人了！』

只有眼尾餘光瞧得見影子，惜風毫不猶豫的把右手的死之刃射出去！

『哇呀——』那是連梅杜莎都畏懼的死之刃，梅杜莎緊急的向旁扭身，重重的撞上石牆，身體呈九十度落在走廊與房門口，但是死之刃……還是射進了她的身體裡。

不是惜風刀法準，而是梅杜莎的原形太龐大，剛好塞住了整個門口……

梅杜莎重重摔落地，淒厲的咒罵聲不絕於耳，肚子上的死之刃黑氣竄延，她發出痛苦的哀鳴，吃力的睜開雙眼。

看見自己既痛苦又淒絕，可是依然迷人的絕世美貌。

咦？

嘶啞狂叫的蛇瞬間凍凝，從頭到尾，一直到梅杜莎美麗的容顏、頸子、身體……石化的速度比想像中快得太多，轉眼間，連扭動的蛇尾都成了優美的石雕。

賀濔焱氣喘吁吁的奔來，地板上躺了一個人身蛇尾，還有滿頭都是蛇的女人石像。

惜風蹲在一旁，雙手握著紀念盤就對著梅杜莎的臉……她知道梅杜莎倒下了，抓準方向衝上前，因為梅杜莎正在咒罵，所以即使不準確的看著也能抓到方位。

然後她把紀念盤當鏡子，對著梅杜莎的臉。

當梅杜莎直視到自己的眼睛時，她也會化成石像。

惜風將紀念盤覆在石像的臉上，以防萬一。

「妳為什麼要做這種事！」賀澐焱跳過蛇身，一把將惜風緊擁入懷。「萬一有什麼……妳萬一成了石像怎麼辦！」

「那就……把我留在這裡，總比被帶走好。」她幽幽說著，「當祂的新娘跟化為石像比起來，石像似乎是比較好的選擇。」

賀澐焱擰眉，捧著她的臉凝視。「妳的選擇裡怎麼都沒有我？」

「你？」

「例如當祂的新娘，跟化為石像，還有跟我交往這三個選項。」他義正詞嚴。

惜風圓睜雙眼，他、他現在、在什麼地方什麼時候說這些！

「你不要說！」她急忙的推開他，掩住雙耳。「我現在沒有資格回應，不要提不要提！」

「什麼叫現在沒有資格？」越聽越火大。

「等我自由了再說。」惜風推開他，到梅杜莎的身體那兒找死之刃。「現在我說什麼都是在亂給自己希望。」

「人，活著不就是要有希望嗎？」

背後誠懇的聲音傳來，惜風只有痛苦的闔上雙眼緊握住刀柄。用說的總是很容易，人生的確要存希望，但有時候過高的希望，只是讓現實來臨之際，換來更深的絕望。

現在他提出交往，只會讓她對未來有「希望」，勾勒未來跟賀瀟焱在一起的日子，這是不行的。

使勁拔起死之刃，梅杜莎竟瞬間自刀口處崩裂，裡頭有一顆閃閃發光的珍珠，惜風沉吟了幾秒，以鑷子拾撿；賀瀟焱走了過來，手電筒的光照在那直徑最少有五公分的珍珠上，光彩奪目不說，這珍珠居然是粉紅色的。

「梅杜莎連死意都這麼的美。」惜風失聲而笑，「但她的一生卻極其可悲。」

因為美麗，才讓海神傾心；因為美麗，才受雅典娜的詛咒，因為如此美麗，讓男人們趨之若鶩，卻連相互凝視都做不到，因為每個男人都會化成石像。

她得到愛情的那瞬間，就是毀滅的開端。

那死神呢？祂得到愛情的瞬間……是否就是她毀滅的開端？

第九章

神廟

「我好無聊喔！」

在外頭等待，讓孩子們不耐煩了，胖小子踢著石塊，嚷著要去玩、去跑，或是回去睡覺。

「噓，再等等，」曾詩玉說著，安撫著兒子。「我們等阿姨跟叔叔出來，就帶你去吃冰好不好？」

「我才不要！我現在就要去玩！」小凱一臉氣忿難平的模樣，用力推開母親的手。「我要玩球！我的球呢！」

小雪懶洋洋的瞥了他們一眼，又來了，任性的兒子跟溫柔順應的媽媽，簡直是「孝子」！不能打不能罵，因為怕傷他們的自尊心；不拒絕只給予，是因為自己的孩子不疼怎麼行？因為小時候得不到所以有能力後要給他們最富足的生活！

最後一堆物質過盛的孩子不懂得什麼叫珍惜，因為沒有「匱乏」過。

當然啦，太多人拚了命也不讓孩子「匱乏」，所以就這樣養孩子一百年吧，啃老族也是自己養出來的，其實也該甘之如飴。

「球？球掉了啊！你忘了？」曾詩玉還在好聲好氣的說，「回去再買一顆給你！」

「我就說我要那一顆！我的球！我要我的球！」小凱用歇斯底里的尖吼嚷著那顆

球，聽得讓人不耐煩。

「小凱！不要吵！」爸爸終於出了聲，「叫你乖乖坐著就坐著！吵什麼！」

難得爸爸威嚴端出來，小凱愣了兩秒，恐懼的皺眉噤聲後，五官忽然皺在一起，變成嚎啕大哭了！

夠了……更吵了！小雪忍不住起身往修道院的方向去，跟這些人在一起耐性會減低……話說回來，惜風他們也進去太久了吧？

「小凱，表哥這邊有好玩的，要不要過來玩？」維謙趕緊湊過去，故作神秘的伸手到小凱面前。

小凱掛著淚望了望表哥，居然狠狠的推開他，害維謙往後直接摔得四腳朝天！

「我才不要你的東西！媽媽說你們是來搶東西的！寒酸！窮人！」小凱指著維謙大吼，「你們會把我的玩具都搶走！」

林琬淳急忙的跑過去要扶起摔倒的少年，摔在石子地上，手掌難免破皮，但這皮肉之痛，怎比得上那孩子說的話傷人？

小雪回眸瞧著，那對母子在這個家地位真低，如果他是維謙的父親，說不定真的會從海底爬回來，保護想保護的人。

「噓！小凱！不要亂說話！」曾詩玉趕緊摀住這小孩的嘴，「對不起啊，口無遮攔的，小孩子嘛，不要跟他計較！」

維謙默默的站起，他無所謂。但脆弱的母親被傷得更重。

從爸爸欠債失蹤後，他跟母親就過著這種人在屋簷下，不得不低頭的生活，阿嬤對他們苛刻，冷嘲熱諷就算了，姑姑們也沒一個客氣的；住在阿嬤家每天都很痛苦，可是媽卻不願意搬出去。

就因為阿嬤身體不好，媽還想為爸爸盡一份孝心！

這次出遊也是，阿姨們想要藉機帶阿嬤出來玩，爭取遺產的分配，她們在覬覦幾塊田地的分配，使出渾身解數要博阿嬤歡心！諷刺般的問他們母子要不要一起出來家族旅遊，說沒錢的話她們願意出。

媽居然一口答應了！兩個阿姨臉都綠了，直說她不要臉，為此大吵一架，最後是阿嬤拿的錢。

媽說，沒有人會照顧阿嬤，這長途跋涉，老人家沒人跟著照顧不行。

就為了這樣，她忍，什麼都忍，但是他幾乎都要忍不住了！

「大姑姑，道歉的話，晚上如果妳遇到我爸時，再當面跟他說好了。」維謙扔出一抹冷笑，明知道這些親戚現在多麼畏懼父親化成的厲鬼，他抓準了時機說話。

果不其然，在場眾人臉色慘綠，已經失去孩子的曾詩佩逼近瘋狂，少年一說完她就歇斯底里的大吼大叫，想要撲向少年；曾詩玉用惡毒的眼神瞪著他，緊緊護住自己的胖小子，刻意往旁邊去。

稍早之前就走回來的游智禔嘆口氣，走向維謙想要開導，那孩子的心情他懂，但是不該這樣說話。

另一個空地坐著兩個為男人反目成仇的「好朋友」，她們一直沉默不語，淚水撲簌簌的落著；季芮晨最愜意了，她就聽著耳機音樂，還在玩手機電動……真是八風吹不動啊！

曾詩玉帶著小凱坐到很邊邊去，那兒幾乎就在邊緣了，不過有幾個石塊當護欄，孩子這麼小也攀不過去，只敢偷偷的扶著石頭往下望，然後一直說好可怕好可怕——

「咦！媽咪！球！」小凱突然指向下方，「我的球！」

「什麼？」曾詩玉戰戰兢兢的伸手扣著大石，往前一探身，可不是嘛，那黃色的球就在下方！卡在距離他們一公尺的一個凸出地，凸出地幾公分見方而已，球像在溝槽般左右滑動。

「我的球！我要球！」小凱可興奮了，又叫又跳！

「不行……撿不到的！很危險！」曾詩玉說著，對他搖頭。

遠處的小雪覺得奇怪，莫名其妙那邊怎麼會有球？這是立壁千仞之處，球要往哪裡卡啊？

「我要球我要球我要球我要球！」小凱氣急敗壞的直跺腳。

「什麼球？」丈夫也覺得怪了，九歲的小晴正黏著他。

「好好！媽媽試試看！」曾詩玉說著，「但是如果拿不到就算了喔！媽媽回去買五個球給你！」

「我現在就要！」小凱用命令式的口吻說著。

曾詩玉搖頭，又往前了一步，扣著石頭彎身，把手往石縫中間往下伸，試著等球因為風的吹動往這兒滾來時，說不定搆得到。

「太危險了！」林琬淳擔心的說，「大姊，妳在做什麼？」

「妳走開啦！」小凱指著林琬淳罵說著。

「喂！」老公也開了口，「妳在做什麼？那裡怎麼會有什麼球！不要鬧了，站下來一點！」

「真的有球，是他昨天那顆球。」曾詩玉回首說著，一邊伸長了手往下搆，差一點，就差一點點……

小雪蹙眉，倒抽了一口氣。「下來！那絕對不是球！說不定是幻術什麼的！快點！」

咦？什麼！曾詩玉愣住了，那女孩說什麼，幻術？游智禔忙不迭的上前，要過去幫忙拉過小凱跟她，他們這動作真的太危險了！

「我的球啦！我不要下去，我要我的球！」小凱見到游智禔上來就急了，使勁往母親身邊一衝。「媽媽，把我的球給我！」

砰！

孩子推了母親一把。

力道不大，但加上他跑過去的衝力，已足以移動曾詩玉幾公分，在有斜度的石子上，她重心不穩，立即朝旁踉蹌了一步。

現場驚叫聲起，這個踉蹌導致她腳底跟著一滑，人就往扶著的圓石上栽，游智禔加快腳步跑上去，意圖將曾詩玉拉起。

但是她摔上了石頭後，又向旁邊滾去，重心在上半身向外，旁邊的石頭面積小，頂上她的後腰近臀處，瞬間改變了她的重心，眨眼間，女人的身軀就翻了出去。

這動作一氣呵成，沒有兩秒鐘光景，曾詩玉翻出了巨石岩上頂端。

她自己也沒有料到，直到向下墜時，才看見那顆黃色的球上有張熟悉的臉，曾孝宇的頭居然對著她訕笑。

「哇呀呀呀呀——」曾詩玉發出驚恐的慘叫，只有兩秒，人體撞擊地面的聲音傳來，驚起一批鳥兒，還在山谷間迴盪著那生命最後的聲音。

山上所有人都僵住了，沒有人知道要尖叫，沒有人知道驚恐，大家腦袋都還一片空白。

「小雪！」賀灩焱的聲音劃破了詭異的寧靜，她才回身看去。「怎麼了？」

看著賀灩焱牽著惜風出來，兩個人幾乎沒什麼傷，小雪一時恍神。「沒事了嗎？」

「解決了……」賀灩焱急著打量小豆，照理說梅杜莎已死，魂魄應該歸位。「大家在看什麼？」

小雪皺著眉，對啊，看什麼？「那個……小胖子剛剛把他媽媽推下去了……」

「喔……什麼！」賀灩焱倒抽一口氣，「推下去？」

「哇呀！」終於有人回過神來，尖叫聲跟著此起彼落！

小凱呆站在原地，游智禔用發冷的手將他牽過，他恐怕不知道，自己剛親手殺了自己的母親。

現場頓時亂成一團，季芮晨拔下耳機開始安撫，賀濡焱決定一件事一件事來，先探視著小豆。

小豆原本睡著了，在搖醒之後，緊皺著眉望向賀濡焱。

「咦？咦？修道院！」他跳了起來，「我為什麼會在修道院！」

惜風忍不住劃上微笑，三魂七魄，看來全部歸位了。

接下來……

『喵沒空管他們了。』小萌搖著尾巴走過來，『喵該上衛城了。』

惜風低首，心跳加劇。「衛城？」

『喵去帕德嫩神廟。』

「……對！那邊能尋求雅典娜的庇護！」惜風喜出望外的緊握賀濡焱的手，「那個盾牌是雅典娜給我的，一定是祂要幫助我對付梅杜莎！」

「小萌，雅典娜管得著冥府的事嗎？」小雪怎樣連都連不起來，雅典娜跟黑帝斯？

『喵管不著。』小萌舔舔身子，『喵去神廟，是因為死神大會在神廟舉辦！』

——咦——

一片黑暗籠罩，惜風頓時覺得有點虛脫。

『喵還有黑帝斯。』

曾詩玉墜崖後，部分警力疲於奔命的趕來處理，在抗議現場似乎也見了血，結果居然還有觀光客從修道院山頂落下，警察臉上難掩不耐，光忙街上的抗議暴動就已經分身乏術了，還搞這招？

在山下不停的責怪怒罵季芮晨，大罷工時為什麼還帶人上山？問他們怎麼上去的，季芮晨只說租了車，但沒說哪家！因為取回一魂一魄的小豆清醒後，飛快的帶著車隊離開，他們可不想被警察留住，把電話留給季芮晨，一溜煙的各自開溜。

搞到所有人都必須留下，又死了一個人，得跟員警交代後才能走。

但曾詩玉的死讓整家人陷入恐懼邊緣，因為他們誰也沒看到哪裡有顆球，儘管小凱指證歷歷、儘管連臨死前的曾詩玉也看見，但是後來她的丈夫戰戰兢兢的再去查探時，根本沒瞧見什麼球啊！

維謙挨在母親身邊，既然如此，他也就不提父親在附近的事了！

因為他也探身出去，想確認黃球的存在，卻聽見父親的聲音叫他小心，還有一股溫暖的力量握住他的雙肩，將他向後拉。

他知道是誰做的，也知道或許那邊原本真的有顆球。

至於賀濡焱跟惜風，他們沒有心思瞭解別人的事情，因為小萌說出了今晚的時限，他們必須立刻趕到衛城的帕德嫩神廟，因為死神大會在那裡舉辦！

所幸警方沒有太多時間管他們，很快就放行了，現場只做了筆錄，其他等罷工結束後再說。

「我不懂，為什麼明知山有虎，偏向虎山行？」游智禔在回程路上就提過這問題了，「如果死神在那邊開會，惜風進去豈不是自投羅網嗎？」

「因為黑帝斯也在那邊，我們此行就是為了找黑帝斯訴願的。」惜風表面很平靜，內心卻波濤洶湧。「游智禔，我不希望你去，你應該要尋求教會支持，幫助那一家人。」

「希臘是東正教，我能做的不多。」游智禔鎖著眉，「都陪妳走到這裡了，不能丟下我！」

「我不是丟下你，是為了你好！你跟小雪兩個都不該去，死神的世界應該只有我能踏入！」惜風義正詞嚴的說著，對著游智禔，也對著小雪。

坐在她身邊的賀濡焱不語，游智禔看著他就有氣。「那他呢？」

「我自願。」他懶懶的回著。

「那我也自願！」小雪立刻舉手，跟學生一樣瞪著大眼。「反正妳不讓我去，我還是會去……搞不好我還先到咧！」

惜風忍不住白了她一眼，此行往帕德嫩神廟跟以往不同，死神大會顧名思義就是成堆的死神在那兒，如果連冥府之神都在的話，那就不是普通的會議了。

他們這些普通人前往，根本就是極度的冒犯。

「我也自願，每個人都有想做的事情，就算我能力很弱，我還是想為妳做一些事。」游智禔認真的凝視著惜風，「不管結果如何，至少我不會後悔。」

哎呀，小雪暗自搖頭，游智禔真是愛到深處無怨尤，儘管惜風已經是賀帥哥的，他未來也立志當神父，無法跟惜風有結果，他依然還是面對自己的心意。

一番折騰後終於回到民宿，已是黃昏時刻了，小豆說如果晚上要上衛城必須換另外一輛車子，而且也必須先徵求他母親的同意。

所以眾人分別下車，惜風他們回到民宿，做最後的梳洗跟準備。

曾詩玉的丈夫牽著小晴跟小凱，小凱一路上都在哭，似乎知道自己親手將母親推下斷崖，或許真正的嚴重性他還不甚明白，但至少知道自己闖了什麼大禍。

曾詩佩精神應該已經不正常，在看見姊姊墜崖後一路狂笑，滿口胡言亂語，丈夫怎麼勸都沒有用，有時候突然嚎啕大哭、有時候突然大叫，王佳瑜試著要攙扶她也被推倒。

賀濡焱不知道那曾孝宇的用意在哪裡？不過目前為止他很成功的摧毀兩個家庭，而且入夜後還會再有另一波的殺戮！

這家人的身上都帶著濃烈煞氣，即使是那對母子也一樣，厲鬼的殺氣會感染其他的死靈，再加上死神當道，抗議會見血一點都不足為奇，接下來這家人還會有人死於非命。

至於那兩對情侶，出來後簡單的告訴他們 Ricky 不會再回來了，應該已經成了美麗的俘虜，某個碎石塊或是雕像後，兩個原本反目成仇的女子突然抱在一起痛哭。

最後他們下了山，跟王敬傑一塊兒手牽著手上車，一句話也沒再說，但是賀濡焱看得見他們身上邪氣俱散，或許彼此之間會有芥蒂，但是他們應該是沒事了。

「嘿，五分鐘後出發。」季芮晨忽然跑到民宿門口吆喝著，游智禔回身時愣了一下。

「我載你們上去。」

「妳？」游智禔可傻了，其他人陸續從上頭走下來。

「小豆的母親不許他晚上去帕德嫩神廟，雖然很感謝你們，但是神聖之地晚上是不能觸碰的……」季芮晨努力回想母親說的話，「什麼……那邊是不同宗教的領域，連佛祖都說不該涉險。」

「佛？」賀濡焱蹙眉，「阿嬤說的嗎？」

「嗯，他們擲筊，三個哭杯。」季芮晨聳了聳肩，「我看就我載你們上去吧，其他人折騰了一天也不可能想出去玩，街上又在抗議，就我有空了。」

「不，妳應該照顧妳的團員們……他們身心都受創！」而且，惜風突然想到，若是厲鬼再來怎麼辦？

「相信我，我離開對他們會比較好。」季芮晨勾出個無奈的笑意，小雪在一瞬間覺得背脊發涼。

只見她輕快的離開，小雪忍不住瞥了賀濡焱一眼。「那個季芮晨是人吧？」

「嗯，看不出來有異狀。」賀濡焱也聽到了，什麼叫離開團員會比較好？

「她說的話好怪喔，難道她留在這邊，團員會有危險？」小雪用季芮晨的邏輯推論，「那她跟我們去……我們會不會有危險？」

「可以不去的。」惜風還在做最後努力。

餘音未落，每個人立刻揹好自己的行囊，該準備的法器、符咒、護身符，或是十字架及聖水一應俱全，誰也不給惜風機會留下他們。

才出門，就見到林琬淳匆匆忙忙的跑過來，他們的民宿距離這裡有五分鐘距離，瞧她跑得上氣不接下氣，還差點煞不住身子，是賀濤焱攙住她的。

「等……等等！」她緊抓著賀濤焱的雙手，「你們要去哪裡？」

「有事要辦。」簡單四個字。

「不……那我們怎麼辦？」林琬淳緊張兮兮的看著賀濤焱，「我老公還沒罷手，我知道他一定會再回來的！」

「很抱歉，我們無能為力。」賀濤焱將她的手掰開，「我們自己也有很重要的事要辦。」

「拜託……求求你留下來幫我們！」林琬淳下一秒竟跪上地，「我知道他想要做什麼，他會把所有跟他搶東西的人都殺了！」

「搶東西？」游智禔很好奇，人都死很久了，搶什麼？

「你不懂……我婆婆重男輕女，非常溺愛他，從小總是跟他說，家裡的一切都是他的，誰也奪不走，有缺就回家裡拿……無論如何，家就是他的後盾！」她難受的跪在地上哭泣，「結婚以來，他創業屢屢失敗，只要一直回家拿錢就好了，我婆婆都一定會給他……直到他又失敗而且失蹤為止！」

惜風聽到的，就是上一代的溺愛延續到下一代，曾孝宇的姊姊居然也用一樣的方式教導孩子？也同樣重男輕女？這挺令人匪夷所思！

「所以？他覺得誰要搶走什麼？」惜風也問了。

「家產啊！我兩個大姑是法定繼承人，我婆婆年事已高，什麼時候走不一定，這趟旅遊就是為了讓我婆婆開心，看能不能早點分配財產的！」林琬淳激動的仰首，「就是這樣，我老公才會現身，因為家產是他的，誰也不許拿！」

「真是一模一樣啊……」賀濔焱搖了搖頭，「連人都死了，還是一樣的驕縱嗎？妳起來吧，跪到腳斷我們也沒辦法照顧你們，請自求多福。」

他實在不喜歡「跪」這一招，有種逼人答應的強迫手段，所以他不鳥這一套。

賀濔焱扭頭就走，不過是往隔壁去，離開前他要再去神桌祈禱一次；游智禔跟小雪趕緊上前要扶起林琬淳，她卻又哭個不停的喊拜託，求求他們留下來。

「真的不行，人都是自私的，妳可以為妳的親人打算，但我也要為我的事打算。」

惜風冷冷的望著她，難道就只有她家的人重要嗎？「誰也沒錯，我們只是只顧自己而已。」

她定定望著林琬淳，立即跟上賀濔焱，她知道他要去做什麼。

小雪也跟她說了聲抱歉，扣緊側背包就拔腿追上，游智禔的確無能為力，只能給她一個十字架項鍊，要她專心祈禱。

在小豆家，小豆來道了好幾次歉，說神明不准他今晚出去，賀瀰焱笑著說沒關係，能看見他恢復正常，就已經讓人高興了。

曾家的阿嬤躺在一旁，靜靜的睡著，看上去幾乎會讓人以為沒了呼吸。

賀瀰焱正在向菩薩祈願，小豆的阿嬤過來拍拍惜風，要她認真祈求，此行前去，化險為夷……

「認真，妳要打從心底相信啊！」阿嬤在她耳邊叨唸著，「相信菩薩，相信……」

惜風皺著眉，她信什麼？信什麼都脫離不了惡夢的生活啊！

終於到了出發時刻，季芮晨吆喝著他們離開，離開前惜風注意到地上的結晶石，又是滿地的死意，她知道今晚這邊會有一場殺戮。

但誰也無能為力了，她也已經不想去拾撿。

『喵死意都帶了嗎？』小萌在門口等待著。

「都帶了。」她無奈的說著，「妳真的覺得貢獻那些死意很有用處嗎？」

『喵難說喔！』小萌一躍跳上惜風的肩頭，自己鑽進背包裡。『喵這裡晚上會見血喔！』

「我知道，他們得自己處理了。」

『喵每個人都只想自己而已，喵真是夠自私的。』小萌頂起背包頂蓋露出頭，往後望著那臉色蒼白的林琬淳。

「都大人教出來的，沒辦法。」賀濂焱接了話，「這種是另外一種因果，得自己擔。」

不要再怪子孫不孝，不要怪子孫沒用、啃老，這有多少人是當初父母自己親手養育造成的？自己種的因，自然得到這樣的果。

曾孝宇從海底爬回來不是為了保護妻兒，而是因為本來屬於他的東西，即將被兩個姊姊拿走，這理由真的非常荒唐可笑，他甚至為此殺害外甥，化為厲鬼也不打算終止。

這跟那個三、四歲嚷著要球的小凱沒有什麼兩樣，任性且自私，因為那是他的，所以誰也不能奪走。

依照他的判斷，瘋狂的曾詩佩也不可能有希望活下來，應該說有繼承權的人都不會生還。

這都是阿嬤當年的溺愛種下的因，現在一連串的殺戮便是鮮紅的果實。

只是阿嬤會不會親自嚐到，這就不得而知了。

『喵先考慮自己的事吧！』小萌其實語調顯得很興奮，『喵好久沒見到主人了！』

惜風無奈的嘆口氣，這裡只有小萌期待見到前主人，那個萌正太模樣的俄羅斯死神。

上了車，真的只有五個人，由季芮晨開車載送他們四位，她依然全程輕鬆哼歌，戴著耳機一邊唱一邊晃動身子，看起來很寫意；小雪拿著她的手機在聊天，神色凝重的只有惜風等三個人。

「游智禔，後悔還來得及喔！」小雪忽然出聲，「你如果想要當神父，一定可以幫助更多的人，萬一就在這邊出事就太不值了。」

「妳就值？」

「我不一樣，這就是我想做的事！」小雪聳了聳肩，「我從以前到現在都過著很普通的生活，念書也不費力，畢業後就應該當律師，太多應該的事讓我覺得很無趣～可是跟惜風出來玩之後，一切就變得很有趣了。」

她的人生，寧可短而豐富，也不想無聊得長久。

「這也是我想做的事，外婆死後我一度很消沉，什麼都不想做，覺得人生失去了目標；但是某一天醒來，我突然覺得自己可以做些什麼，緊接著一切都改變了。」他沉穩的說著，「我遇到了神父們傳教，然後我想起惜風，想起在她身邊發生的詭異事情，所以我做了選擇。」

他突然回頭，深情款款的望著惜風。

這讓她有點尷尬與措手不及，下意識緊握住隔壁賀瀮焱的手。

「我想當神父、我相信主的力量，甚至可以藉此幫助惜風——雖然梵諦岡的事沒有成功，但至少我們知道了要往神之國度來。」

避開與之熱切相望，賀瀮焱也緊握住惜風的手，面對這樣的人也只有寬心，單向的愛情得不到回應，還是有人很熱切。

帕德嫩神廟位在衛城山上，他們抵達時，夜幕已經低垂，走在階梯上回首望，還可以看見示威遊行的現場燈光大作，吵鬧不斷。

小萌早就迫不及待的跳出背包，飛快的往帕德嫩神廟跳去，惜風全身都在冒冷汗，她喘著氣，吐出來的卻是白煙。

好冷……氣溫越降越低，已經快到帕德嫩神廟了，如果聚集了大量的死神，那氣溫勢必會非常的低，她望著自己的手，寒毛根根直豎，祂絕對在附近，就算不是祂，也有別的地方的死神。

「欸，你們記不記得季芮晨說的？石像、衛城、神廟裡的會議、死靈上岸、寧芙、蛇皺……」小雪悄聲著說著，「怎麼都對了？」

嗯？是啊，現在就差神廟裡的會議！惜風精神緊繃的往上走，終於踏上了平地，剛踩上就有個人影在那兒等他們。

那是個才十四歲的花美男，青澀可愛的臉龐，一雙大眼配著金髮，小嘴勾著笑，手裡正抱著小萌，小萌也開心的摩娑著他的臉，又舔又親的興奮。

第十章 死神の花嫁

「……你……你也在這裡！」惜風上氣不接下氣的喘著，白煙陣陣。

「開大會我怎麼會不來？」俄羅斯死神含著笑，「妳準備好了嗎？」

「準備什麼？這種事永遠都不可能準備好……」惜風瞥了一眼眼前壯觀的帕德嫩神廟，「祂在裡面？」

「每一個死神都在裡面，黑帝斯也在，妳想說什麼就儘管說。」俄羅斯死神看向賀濂焱，「我不建議你們進去，但我想說了也沒用。」

「你認為我們有多少勝算？」賀濂焱問向俄羅斯的死神。

「跟神鬥，能有多少勝算？」俄羅斯死神此時還聳了聳肩，「勝與負，一念之間——但目前看來，你們毫無勝算。」

毫無……惜風忍不住腳軟，倒在賀濂焱身上。「你們走，誰也別進去……」

「說什麼廢話，別浪費時間了，進去吧！」賀濂焱撐起她的身子，「再糟也要一起面對，地獄我去過了，不在乎再去第二趟。」

他唯一後悔的，是沒有拉著「她」一起走。

俄羅斯死神勾起淡淡笑意，回身朝帕德嫩神廟走去，這世界遺產儘管只剩外殼，但還是壯麗得讓人咋舌。

「惜風必須走前面，你們別勾著摟著抱著，想死不怕沒鬼可以做！不必這麼明顯，那叫挑釁！」弄不好還沒開口就被秒殺了。

「嘖！」賀濔焱不悅的嘖了一聲，很勉強鬆開勾著惜風的手，然後後退一步，雙手扠著褲袋，站到她身後去。

小雪把握最後一刻傳 APP，說是在交代一些萬一怎樣的情況，總是跟姊姊通報一聲，手機傳來最後的訊息，是一個連結，小雪打開來迅速瀏覽後，把手機調成靜音，放進包包裡。

「跟妳姊說了？」游智禔露出有點羨慕的眼神，因為他沒有家人可以通知。

小雪有點失神，才又抬起頭來望著他。「嗯，姊跟我說不會有事的！」

雖然嘴上這樣說，但是她卻下意識緊握住身上一串護身符，心跳得好快，這股恐懼與雀躍，卻是跟惜風認識後才有的，超刺激！

「那麼……」俄羅斯死神指向地板，「往前跨一步吧！」

往前？惜風遲疑，晚上的廢墟一片漆黑，她根本看不清前方有些什麼，也不像在開大會的樣子，她深吸了一口氣後，回首望著賀濔焱，往前跨出了一步——帕德嫩神廟在剎那間變得嶄新輝煌，人聲鼎沸，還有燭光搖曳，音樂流瀉！

咦咦？惜風詫異的往前走著，不停的環顧四周，那頹傾的石塊與組合的柱子都不復見，現在她看見的是美麗完好的帕德嫩神廟，存放在大英博物館的簷廊雕像歸於原位、甚至栩栩如生，殿內燈火通明，還有許多簾幔飄逸！

陸續跟著惜風身後走來的人一一都發現眼前的景色異變，似乎有一條界線，隔絕了人界與……死神的世界。

「有人類！」裡頭傳來低吼聲，聲聲迴盪，威嚴得讓惜風打了個寒顫。

「冥府之王，請放心，是塔納托斯的新娘。」俄羅斯死神疾步向前，走進了殿堂之中。「是第四十五區的塔納托斯，在人間物色的新娘！」

一陣騷動遂起，在橘紅色的紗簾布幔後面，惜風清楚的看到一個身影倏地站起，她雙手握拳，直覺那起身的人……就是折磨她十幾年的傢伙！

「人類即使是塔納托斯的新娘，也不可能進入死神結界中！」有尖細的聲音說著，「除非是備妥祭品的新娘，才會被認可已有一半屬於死神！」

那聲音越來越近越來越近，一直到突然衝出了簾幕外，站在惜風面前。

牠真的是站著，因為那是一隻綠色的凸眼青蛙。

惜風低首望著牠，在這麼緊張的關頭，居然有點想笑。

「祭品備齊了嗎？」青蛙對她說話的方式挺頤指氣使。

「我不知道什麼祭品……」惜風皺眉昂首，還要有什麼……

『喵備妥了！』小萌忽然在俄羅斯死神懷中說著，『喵沒有備齊，怎麼踏得進帕德嫩神廟呢？』

什麼？什麼叫祭品備齊？

「身為新娘的條件齊全，請獻上——」此時，兩個戴著面具、穿著斗篷的人捧著托盤而出，每一托盤都是以人骨組成，上頭鋪著黑色絲絨。

賀濛焱擰眉瞪著在俄羅斯死神懷中的小萌，牠則輕輕的喵了聲。

「梅杜莎的結晶、寧芙的死意、海底屍的死意及孩童的死意。」青蛙用腳踢了踢惜風，催促她快點放入。

惜風心臟彷彿被人握緊，不可思議看向小萌，這些東西……是、是成為死神新娘的必備物品？

『喵快點放。』小萌閃爍的綠色眼睛凝望著惜風，『喵妳都帶齊了不是嗎？』

「我……我相信妳！妳卻誘使我拿到這些東西，讓自己變成合格的新娘？」惜風氣急敗壞的想衝過去，黑暗中突然憑空出現一堆黑影，賀濛焱及時將她拉住，一把巨型鐮刀就橫在她頸邊！

一整排隱匿在黑暗中的影子，手拿著比她高的鐮刀，蓄勢待發。

俄羅斯死神用一種曖昧的眼神瞥了他們，輕聲開口。「快點放吧。」

「可惡！」惜風痛苦的咬著牙，拽下背包，拿出裡面妥善收集的死意——梅杜莎的、寧芙的，還有維維的結晶體。

『喵還要安安的。』小萌又出聲了，『要在梵諦岡裡被死之刃剝皮的安安死意。』

惜風顫抖著手打不開死意收集盒，賀瀮焱忙不迭的接過，他知道現在的她又氣又激動，氣小萌一路上的欺騙，恨自己居然把必備條件收集齊了！

但這能怪誰？沒有人知道死神要娶新娘必須收集這些啊！

「寧芙問誰意圖傷害她們，她們已經知道有人要傷害她們取得死意了，對吧？」惜風咬著牙問，寧芙最後對她說，她犯了大錯，意思就是指她自行收集祭品！

『喵是我放的消息，不然沒有機會殺掉寧芙。』

「梅杜莎說，我們找錯人了……那不是挑釁，是在陳述一件事實。」惜風幽幽的出口，「所以她並沒有拿走小豆的魂魄對吧！」

『喵也是我。』小萌撒嬌般的用尾巴勾著俄羅斯死神的手，『是喵趁機奪走小豆的一魂一魄，這樣你們才會去追厲鬼、遇上寧芙，或是追殺梅杜莎！』

啊啊……小雪不由得掩嘴，這都是小萌做的？

「那盾牌是……」

「那就是雅典娜的恩賜了。」俄羅斯死神幽幽的說。

賀濂焱闔上雙眼，回想著事發的一切，沒有人會想到是小萌，小豆因為被厲鬼撞上出了事，而厲鬼的確受託奪走他的魂魄，可是從頭到尾都沒提過是誰！

曾孝宇只要聽話照做就好了，要誤導他們太容易！

「是你讓厲鬼通知我們魂魄上天空之城拿？為的是讓我們遇上梅杜莎？」

『喵當然！』小萌還志得意滿的說著，『不該上岸的死靈、屠殺驕傲的孩子，加上喵的詛咒，骯髒的孩子入海就會汙染海洋，寧芙會很生氣很生氣的跑出來！』

「不，寧芙要我，表示她們知道……自己會是祭品！」惜風緊握粉拳，「她們只是要自保。」

『喵沒用的！呵呵，小寧芙怎麼能贏得過死之刃呢？』小萌歪了頭，一臉裝可愛的樣子。『喵惜風很厲害，自己一個人取得了所有條件呢！』

「小萌！」惜風吼了起來，賀瀮焱連忙扣住她的身體，她激動得巴不得將小萌抓過來打。

「噓……現在不是找小萌算帳的時候……」賀瀮焱由後緊抱著她，貼著耳畔說。「現在局勢對我們不利！」

「我自己……我自己親自收集了新娘的條件？」惜風氣忿難平的哭了出來，淚水直接滑落，全身都在顫抖。

「來不及了，與其痛恨懊悔過去的事，不如先看未來吧！」他輕輕推了她一把，黑帝斯就在眼前，沒有時間生氣了。

每一樣都是小萌算計的，仔細回想才知道，原本不該殺寧芙的，梅杜莎也是被栽贓，她根本死得不明不白……惜風努力平復心情，直直往殿內走去。

黑影鐮刀收起，向後退了一步，轉眼又融入黑暗之中。

「等等，這三個人類是？」青蛙還擋路。

「是陪伴新娘子的助手。」俄羅斯死神從容出聲，賀瀮焱忽然覺得事有蹊蹺。

「嗯……」青蛙打量著眼前的人，賀瀮焱走了過去，小雪好奇的望著會說話的囂張青蛙。

游智禔緊握著十字架跟上，青蛙嘓了一聲。

惜風一掀開簾幔，踏入殿內，原本燈火通明的大殿瞬間暗去，只留下幾盞燭火照明，最前方正殿上的人影相當巨大，四周也有燈光，但是看不清楚面貌。

仔細瞧，還可以發現那些不是真正的蠟燭，而是LED蠟燭呢！

在正前方大殿的右手邊，那個隱匿的人影依舊站著，惜風也瞧不清祂的臉，為什麼突然變得這麼陰暗？賀灝焱倒是大方的朝四周張望，這些死神不知道為什麼這麼喜歡穿斗篷，將臉遮得完美。

「我沒遇過新娘自己收集祭品的。」大位上的人開口，聲音聽起來沉穩，但其實很年輕。「第四十五區的塔納托斯。」

「是。」右邊那佇立著的人影回答了。

惜風為此停下了腳步，是祂！

「平常不都是死神準備的嗎？我沒看過新娘自願備妥這些東西的……」

「或許她迫不及待的想跟我走。」是祂！祂的聲音！

「我才沒有！」惜風禁不住的大喊出來，「我根本不想被死神操控！」

她的聲音在帕德嫩神廟裡迴盪著，賀濂焱聽見許多倒抽一口氣的聲音，彷彿是她說的話驚人，還是不該如此放肆。

小雪不停的眨眼，希望能快點適應裡頭這該死的黑暗，四周空氣幾乎像是在雪地裡般凍人，她看得見很多影子在交頭接耳般的竊竊私語，可是都穿著斗篷，瞧不清楚性別與臉龐。

不過……她扣緊斜背包的帶子，她現在擔心的不是旁邊這些死神。

殿內一片靜謐之後，低低的笑聲自正位上的人傳來，祂狀似輕鬆的向後躺上椅子，用饒富興味的語氣笑著開口：「這次的新娘也是搶來的嗎？」

「不是搶的，從八歲開始我就在等待。」塔納托斯用自豪的語氣回應，聽得惜風指甲都嵌進了掌心裡。「等待她最美的一刻。」

「那是你在等待，我不是自願的！從八歲開始你就掌控了我的生活！」惜風不客氣的咆哮起來，「我從來沒有想跟你在一起，我也不想當你的新娘！」

「別忘了妳的命是我救的。」塔納托斯面對了她，語帶笑意卻冰冷的說著。

「我寧願被殺掉，也好過受你的掌控。」惜風回答得斬釘截鐵，立刻正首。「請問您是黑帝斯，冥府之神嗎？」

「嗯……」黑帝斯微微點頭。

「被祂掌控的十幾年來，我沒有快樂過，我不喜歡死神，也不想被帶走，我只希望可以當個正常人，過正常的人生！」惜風雙膝一跪，向黑帝斯請命。「我請求您，奪回這個死神擅自控制人類命運的權力，請給我自由！」

「范惜風！」塔納托斯厲聲出口，「妳居然敢這樣跟黑帝斯大人說話？妳以為妳是什麼？人類不過是螻蟻之輩，居然敢在這裡討價還價！」

「既然是螻蟻之輩你幹嘛握著不放？」賀瀮焱冷笑出聲，「一掌握就是十幾個年頭，幾乎寸步不離，逼她遠離朋友就為了獨佔一個……螻蟻之輩？」

塔納托斯沒吭聲，但是賀瀮焱感覺得到祂正怒火翻騰，也不是第一天認識這傢伙了，這位死神也絕對知道他是誰。

「所以，妳叫什麼名字？」黑帝斯笑著問。

「范惜風。」惜風心跳漏了幾拍，緊張的回應。

「范惜風……妳千辛萬苦來到這裡，是為了希望我阻止這位塔納托斯強行將妳收為新娘？帶回地獄？」

「是的！除了冥府之神外，我想不到其他能凌駕塔納托斯的神了！」惜風緊閉上雙眼，虔誠的祈求。「我不要求什麼，就只要求自由！」

交頭接耳的聲音越來越大，小雪眼尾不停瞥著旁邊的死神們，這裡凍得要命，如果祂們是神，能不能開點暖氣咧？

「妳知道我的冥后是誰嗎？」良久，黑帝斯突然問了一個幾乎算是不相關的問題。

冥后？惜風皺起眉心，她怎麼會知道？賀瀟焱很想拿手機出來孤狗，只不過這個世界不知道有沒有WiFi？

「……珀耳塞福涅。」賀瀟焱身後的小雪小小聲的開口。

「珀什捏？」賀瀟焱回首，說什麼東西。

「是的，新娘的隨從比新娘清楚，我的皇后就是珀耳塞福涅。」黑帝斯這麼說時，台下一票竊笑聲竄出，讓賀瀟焱覺得非常不對勁。「那妳知道珀耳塞福涅是誰嗎？我怎麼娶到她的？」

這是什麼？測驗？還是機智問答？惜風有點不耐。

「珀耳塞福涅是大地之神的女兒，她是……」小雪一邊說，突然哽住，心裡硬喊了兩聲糟糕！「她是在一次外出採花時，被您搶走的……」

被搶走的？賀瀟焱瞬時回頭望向門口的方向！

該死，黑帝斯問這個問題意思根本就是——我的皇后都是搶來的，別說一個塔納托斯區區的新娘了！

真是什麼上司就有什麼下屬啦！

「搶？」惜風也意識到這問題的答案，「您的……」

「我的冥后也是我搶回來的，但她現在仍是我的皇后。」黑帝斯低低笑了起來，「塔納托斯這樣做，我毫無疑問，更別說——塔納托斯，這是你第幾個新娘了？」

「剛好第三百個。」塔納托斯低首回著，語調裡掩不住笑意。

「三百啊，范惜風，妳認為我之前兩百九十九個都沒有干預，會干預這第三百個嗎？」黑帝斯用嘲笑的語氣對著下方的惜風說著，「我承認妳是最特別的新娘，明明不願意卻又自己備妥新娘祭品，但這不代表我會干預塔納托斯小小的娛樂！」

惜風十指都嵌進了掌心裡，她緊咬著唇，忍無可忍的站了起來。「憑什麼把我當娛樂！就算是螻蟻之輩，我也有我的人生！」

一股力量突然將惜風往後拉拽，賀瀟焱倏地回身。「別抬槓了，趕快出去！」

既然不受支持，還談什麼？連新娘祭品都備妥了，當然要三十六計走為上策！

「就讓你們好好談談吧。」黑帝斯的聲音在狂笑，像是笑人類的渺小，也像是笑人類的不自量力！「無論如何，必須得到新娘同意才能帶走，別犯忌了，塔納托斯。」

「是。」

賀濡焱跟小雪都拿出手電筒往後方照，發現一旁的斗篷死神們曾幾何時都已經消失，黑暗中倏地出現一道閃光，鐮刀人竟然又圍了上來！

訕笑聲自四面八方而來，死神們一個接著一個消失，惜風倉皇失措的回首，發現大殿上的人也早就不見了！

有個身影突然擦過惜風的肩膀，她立即被那股力量推倒，鬆開了賀濡焱的手！

『妳相信錯東西了。』

輕柔如稚子的聲音傳進耳裡，對方非常的小聲，但卻是對著惜風說的……那是俄羅斯死神的聲音！

她詫異的往左方看去，伸手一抓，卻什麼都沒抓到，只聽見熟悉的叮鈴聲緩緩遠去。

「惜風！」賀濡焱回身，想尋找惜風的方向。

剎那間，大殿倏地燈光大作，所有的 LED 蠟燭全數亮起，上窄下寬的多立克廊柱雪白現身，橘紅簾紗自上垂下，大殿的大理石地光可鑑人，殿內只剩下他們四個人類，還有圍繞著所有出口的鐮刀黑影人，他們舉著長鐮刀組成鐮刀牆，圍得滴水不漏，讓他們插翅也難飛！

一旁的桌案齊全，上頭還擺放著美酒佳饌，桌席在大殿左右兩邊，還分內外兩側，可以想見剛剛在這裡與會的死神有多少。

但是，現在只剩下一個。

深黑色的漆皮斗篷，就站在原來的位置，現在正邁開步伐，緩緩往絆倒在地的惜風走來。

她趴在地上，雙手發顫，眼界所及的白色地板上，出現了黑色的斗篷。

惜風！賀濂焱嘖了一聲欲衝上前，塔納托斯只是輕輕揮手，他整個人就往後摔去——若不是小雪眼明手快拉住他，就怕他往鐮刀上摔！

「喝！濂焱！」聽見摔落音，惜風焦急的回過頭，看向撞成一團的小雪跟賀濂焱，忙著想起身。

但是一隻手，卻突然橫在她面前。

那不是骷髏骨手，而是一隻白淨纖長，看起來相當年輕的手，男人的手。

惜風愣愣的望著眼前的手，不由得向上看了過去。

塔納托斯的斗篷帽早已取下。

烏黑的短微捲髮勾出祂有稜有角的輪廓，濃眉下卻是一雙如雪地冰岩般的灰藍眼眸，如雕像般直挺的鼻子往下是略薄的唇，那唇正嵌著笑容，和煦的望著她。

看起來不過二十一、二，一個氣質出眾又有點狂野的男人，正凝視著她。

這就是折磨她十幾年的塔納托斯。

「這算初次見面吧，惜風。」

第十一章

抉擇

這的確是惜風十多年來，第一次如此真實的與死神面對面。

因為祂總是披著斗篷、遮著臉，唯一能看見的只有每次掐著她頸子、禁錮她雙手的骷髏骨手，或是之前曾見過的灰藍色雙眸。

她沒見過祂的容貌，唯一看過的死神是俄羅斯死神，是可愛的孩子模樣，萌正太一枚，但是她的死神是……帶著輕狂氣息的男人。

這張臉是天生的還是刻意製造的？不管是哪種，都是可以稱得上明星的耀眼臉龐。

「起不來嗎？」祂微微一笑，伸手勾住了她的手。

「不……不要碰我！」那份冰冷襲進肌膚裡，她立即推開了他。「你離我遠一點！」

「何必呢？」話是這麼說，但塔納托斯還是收了手。「妳的反抗只是一時的。」

惜風慌亂的站了起身，不可思議的望著祂。「為什麼一定要我？既然你都有兩百九十九個了，為什麼一定要我？」

「因為那兩百九十九個，已經不在了。」塔納托斯斂起笑容，祂看起來很迷人，笑容滿面，但是眼神如同冰海般冷淡。「我需要第三百個。」

「你的時間無限，就去找別人吧……人類區區幾十年，對你來說如同白駒過隙！」

惜風幾乎祈求般的向著祂，「為什麼就不放過我！」

「因為沒有一個人，像妳一樣。」塔納托斯幽幽的說著，眼神突然掠過了她的肩後，看向了被攙起的賀瀮焱。

祂在看什麼？惜風跟著回眸，看見的是小雪跟賀瀮焱……瀮焱！

「她不屬於你。」賀瀮焱一站起身，就筆直的走過來，一把拉過惜風。「我不知道你在玩什麼變態遊戲，但是世界上七十幾億人口，不見得非她不可！」

「我從她八歲守到現在，你以為我會放手？」塔納托斯冷冷一笑，「還是你有足夠的自信認為可以從我手中奪走她？」

賀瀮焱不語，只是緊摟著她。

「我知道你……呵，當然，我在第四十五區很久了，你出生不過是昨天的事，甚至連那個女孩的事我都知道……」塔納托斯神態自若的將手指擱在太陽穴邊忖度著，「你知道嗎？那女孩很難編進我的工作範圍內，因為你拿地獄的業火焚燒她……」

賀瀮焱扣著惜風的肩在微顫，他厭惡這死神提起他的過去。

「但我是塔納托斯，跟你們凡人不同，我可以跟你提一個交換條件。」他忽地擊掌兩下，正殿大位邊的簾幕輕輕飄動。

赭紅色的紗簾後站了一個身影，是個女孩模樣的人。

「做人不能太貪心，兩個只能選一個。」塔納托斯勾起俊逸的笑容，「出來吧。」

纖手揭開紗簾，一個女孩走了出來。

她黑髮稍過肩，穿著柔道的道服，腰上繫著黑色的帶子，用迷濛的雙眼環視四周，有些不安的下了兩階，就不敢再貿然前進。

「這裡是哪裡？」她出聲，聽得出不安。

但沒有比惜風更不安，因為，賀灖焱鬆開了摟著她肩頭的手。

「不……不可能……」賀灖焱瞪大雙眼，他忘記摟著的人是誰，雙眼發直的望著正前方那個他永遠不可能忘記的女孩。

天，她還是高中模樣！時間停留在他燒死她的時候嗎？那身道服他認得，是她的戰袍，她永遠是柔道冠軍，身手俐落又好管閒事的傢伙。

女孩注意到他，反而退後兩步。「你是誰！不許再前進了！」

聽，那聲音一模一樣，他有多久沒聽見她的聲音了？

最後一句，是他們在業火中接吻，她含著淚水笑著說：「真是太好了。」

好什麼？她在他懷裡挫骨揚灰，這有什麼好的！

賀灖焱止了步，瞬也不瞬的望著女孩，激動澎湃的心情讓他心跳加速到有些疼痛了！

女孩蹙了眉，忽然咬了咬唇，彷彿正在認人般的遲疑。「你……不會吧！你是——」

她倒抽一口氣，失聲尖叫，滿臉不可思議的愣在原地！

不可能不可能！他怎麼變這麼高？又變得這樣成熟？他們明明都還是高中生，最近發生……發生什麼事，她怎麼有些想不起來？

「灝焱？」惜風不安的揪起心口，那個女孩就是被他親手以業火燒死的戀人嗎？

「嘖！」小雪氣急敗壞的跑了過來，掠過惜風後就狠狠往賀灝焱頭上巴下去。「賀灝焱！你醒一醒啊！」

「啊！」他被巴了一下，微惱的回首，小雪正怒目瞪視著他。「你在幹什麼！惜風在這裡！」

她指向他的身後，范惜風。

但他立即看向她的正前方，那個女孩。

「灝焱……對，他是叫這個名字，非常難寫，打注音還打不出來……」前頭的女孩喃喃說著，「賀家的……萬應宮的賀灝焱！」

「你還在發什麼呆，你是為惜風來的吧？」小雪怒火中燒的推著他，「你不要見一個愛一個啊！」

「小雪，別說了。」惜風鼻子有酸楚湧上，什麼見一個愛一個？是她搶走了那女孩在賀濂燚心中的地位！

為了惜風而來，是！他是為了惜風前來這裡，甚至死亡也不足惜。

因為他很後悔，當年燒死眼前的女孩時，為什麼沒有跟著她一起走！

「一個，離開帕德嫩神廟，你可以帶一個女孩走。」塔納托斯笑著開口，面對著賀濂燚，伸出了左手。「惜風，」再右手，「還是失而復得的她。」

哪一個？

女孩突然往前奔跑，她認出這個人了，慌張心急的就筆直衝了過來，賀濂燚連思考都沒有，下意識的張開雙臂欲擁抱她！

但是，女孩猛然撞上一堵透明的牆，重重撞上後忽而彈後，狼狽的跌落在地！

「靠！痛死了！」她撫著鼻子，一臉差點哭出來的樣子。

賀濂燚心急如焚的衝上去，果然也撞上了那堵透明的牆，使勁一擊，不為所動。

「我說了，只能選一個。」塔納托斯凝視著惜風說道，眼裡彷彿在告訴她：妳睜開眼睛看清楚，這個男的現在腦子裡根本沒有妳。「只要你開口喊出名字，就能帶她走。」

「賀濔焱！」小雪的吼叫聲在大殿裡迴盪，她都快哭了！

「這是什麼？」爬起來的女孩慌亂的敲著玻璃牆，拚命的又踢又踹。「放我過去！快點帶我離開！這是什麼陷阱嗎？班代呢？班代！」

她仰著小臉，如何使勁都出不去，望著一牆之隔的賀濔焱，淚水開始滑落，她不明白這是怎麼回事，腦子有很多記憶渾渾沌沌……

「我的耐性是有限的，賀濔焱。」塔納托斯持續施加壓力。

惜風的淚早如雨下，她願意開口求黑帝斯放他自由，願意求塔納托斯讓她走，但是從剛剛到現在，卻沒有開口求賀濔焱選擇她。

因為她沒有資格！她知道那女孩在他心中有多重要，她是一道傷疤，永遠無法抹滅的傷疤，怎麼可能取代得了！

她只有忿忿的回瞪塔納托斯，好卑鄙的手段，祂讓她知道自己的地位，知道世界上沒有人會愛她！除了祂之外，再也沒有人會愛她了！

賀濔焱難受的皺起眉，看著瘋狂敲打玻璃的女孩，大聲吼著。「聽我說！噓！安靜！」

她終於停了下來，雙拳還在玻璃上，緊皺著眉凝視著他。「怎麼了？到底是怎麼了？」

淚水，從他的眼角滑落，原本以為埋藏在心底的傷痛只要上了鎖，就不會有感覺，但是……看見她的那一剎那，他就知道，悲傷與悔恨或許會隨著時間沖淡的，但不可能遺忘。

大掌貼著透明玻璃，像是撫上女孩的臉，試圖抹去她的淚水，女孩顫抖著輕闔雙眼，豆大的淚珠又被擠出幾滴晶瑩。

「帶我出去，告訴我要怎麼做？」她啞著聲，為什麼只有她在這裡？

「對不起。」

十年來，他想對她說的就是這句話，因為在她灰飛煙滅前，沒有給他太多的時間道歉。

賀灝焱痛苦的望著她，猛然一旋身，望向了站在側邊的塔納托斯。「我要帶惜風走。」

咦？瀕臨絕望的惜風忽然愣了一下。

什麼？塔納托斯瞪大雙眼，一瞬間的震驚讓祂漂亮眼睛的周圍瞬間呈現死黑色的擴散，又立即恢復正常！祂盛怒般的瞪向右邊玻璃裡的女孩，她正茫然，然後身上開始竄出火舌。

「咦……哇呀！好燙！好燙！」女孩全身瞬間被橘色的火焰包圍，「好痛喔！哇呀——」

小雪呆看著被火焚燒的女孩，她的肌膚被燒焦炭化而剝落，臉上呈現骷髏頭骨的模樣，眼球跟著爆裂燒乾，淒厲的慘叫聲不絕於耳——但是賀濡焱選擇背對她，不打算回頭。

「我自己明白業火的能力，如果她能活，我早就做了。」賀濡焱立刻拿出長佛珠，「小雪，拿球K那些鐮刀者！」餘音未落，他就將長串佛珠往鐮刀者的方向丟去！

他感覺得出氣息，這些不過是陰間使者，類似死靈之輩，只不過是有工作的傢伙罷了！

佛珠套上其中一名鐮刀者，他驚恐的淒厲慘叫，佛珠綻放出橘光好似灼燒著他，瞬間就地消失，只留下佛珠落地！

「沒問題！」小雪見狀，立即抽過雙鏈球，狠狠的往遠處拋去，人跟著往前衝向鐮刀牆。

惜風連句話都說不出來，淚流滿面的她立刻被走過來的賀濡焱一把往外拉！雙鏈球擊中兩個鐮刀者，他們瞬間慘叫消失，其他鐮刀者開始閃避，小雪開心的滑過去拾起雙鏈球，準備起身再奮鬥時，腦後突然一個重擊！

「啊……」小雪咚的倒地，游智禔將她手上的雙鏈球踢到一邊去。

「游智禔？」賀瀟焱不可思議的望著他，「你……就算得不到惜風也用不著玉石俱焚吧？」

游智禔緩緩轉過身，面無表情，臉色蒼白如紙。

比較詭異的地方是他的右臉頰有塊斑點，稍早之前還沒有這樣的斑跡……賀瀟焱對那種斑有些熟悉。

那像是屍斑。

惜風瞬而回首，看著動也不動的塔納托斯，祂還是帶著微笑。「你控制了游智禔？」

「你以為我是誰？我會放著讓妳到處走嗎？不找人就近監視妳怎麼行？」塔納托斯徐步而來，賀瀟焱厭惡死這傢伙的輕鬆自若！「而且，妳的戀情也需要一點刺激，競爭者是最有利的方法。」

「……競爭者？」惜風不懂祂在說什麼。

「如果沒有游智禔，賀瀟焱就不會知道自己對妳的心意，也不會加速你們戀情的升溫吧？」塔納托斯露出一臉睿智的模樣，「不這樣，就無法在短時間內讓你們之間有刻骨銘心的戀情……競爭者、時間的壓力與危難，這三者可以壓縮出很多情感。」

他不懂。

賀瀶焱有些困惑，因為塔納托斯說的這些狀況，是「加速」他跟惜風之間的感情，並非「阻止」！以祂的立場來說，應該是要盡全力阻止惜風跟別人在一起，或是禁止他的追求啊！

「你……早就知道我跟瀶焱的事，而且還……贊成？」惜風也聽出來這樣的矛盾，「然後再把我帶走？讓我痛苦一輩子？」

「不不不，前半段對了，我絕對贊成妳跟賀瀶焱之間的感情，但不是為了讓妳痛苦一輩子。」塔納托斯忽然看向游智禔，頭輕輕一點。

賀瀶焱慢了一步，他還來不及回首，游智禔就從後架住他，那力道之大，根本不屬於人類！

游智禔雙手由後穿過他的腋下，再往上抬舉，雙手交握於他的頸後，完完全全制住他的行動，加上非人的力量，賀瀶焱只要掙扎就會被折斷脊骨！

「瀶焱！」惜風驚恐的大喊，她衝過去想扳開游智禔的手，卻無能為力！

游智禔不笑不眨眼也不說話，簡直就像是個傀儡！

「接近死亡的不是只有我，這傢伙也是……妳知道他體內有多少死靈嗎？」塔納托斯忽然食指朝空中劃圓，驀地一大串靈體從賀瀟焱身上彈了出來！

一個接著一個，數量多到讓惜風咋舌，她看著空中飄浮的死靈，直到紅衣女子出現，最少有幾十個！

「他在自殺，拿自己的身體當墳場，吸收死靈好使喚他們，可是卻拿自己的精力交換。」塔納托斯走到中間，望著那群死靈，他們個個呈現驚恐，唯有十數個擋在最外圍，怒目瞪視著塔納托斯。

「嘖，有幾個的確不在我的權限範圍內，但還是有一大掛我找不到的傢伙被這小子藏起來了！」塔納托斯雙手忽然圈成一個圓形，跟著在空中劃出一道黑色的門。「該歸返的靈魂，進來！」

咻咻咻——有好幾個靈體瞬間被那圓形黑洞吸了進去，有人並不願意，有人在掙扎，但是都脫離不了那股吸力般的被帶走；可是，紅衣乾媽卻不為所動，他們甚至連衣角都沒有飄動。

不在塔納托斯的管轄內？這是什麼意思？

「好了，事不宜遲，黑帝斯的耐性也有限。」塔納托斯雙手猛然一合掌，那黑洞瞬間壓縮，至他擊掌時消失。「我想請祂證婚呢！」

「我沒有要嫁給你！」她忿忿的說著。

塔納托斯像個紳士般的欠身，右手禮貌的劃了個半圓，一束花突然出現在祂手裡，那是彼岸花，豔紅得如同鮮血。

「親愛的范惜風，妳願意當我的新娘嗎？」祂竟單膝跪地，深情款款的望著她。

「不願意。」她連一點猶豫也沒有。

塔納托斯沒有生氣，反而是劃上微笑。

「啊……啊——」下一秒，賀瀟焱竟發出痛苦的哀鳴，游智禔剛折斷了他的右手。

什麼！惜風驚嚇的往右手邊看去，賀瀟焱正在低吼，游智禔面無表情的扭斷他的右手，現在將手移到左手處。

「哇啊——」

「親愛的范惜風，妳願意當我的新娘嗎？」斜後方的塔納托斯突然又問了一次。

惜風瞬間明白了，她緩緩的回身望著，祂笑得如此自滿，祂知道自己的伎倆終會成功。

剛剛黑帝斯也說了，必須新娘親自同意……「不……」淚水再度滑了下來。「我不會答應你的！」

「妳會的。」祂溫柔且肯定的說著。

然後游智禔同時折斷了賀瀮焱的左手，那聲響之大，啪嚓一聲，讓惜風聽得一清二楚。

「啊啊……」雙臂都被折斷後，就失去箝制的價值，游智禔鬆開了禁錮，賀瀮焱往前倒上地，手臂撞擊地面時，又是一陣劇痛。

「游智禔！你住手！」惜風衝上前，想拉住游智禔，但卻完全拉不動他，自己還被他的行動牽著走。

他從賀瀮焱衣袋中拿出他的隨身匕首，緊握著刀柄走到他身邊，用腳踩住他的胸膛。

「住手！」惜風尖叫著撲向賀瀮焱，以身護住了他。

「走開，惜風……他認不得的。」賀瀮焱咬著牙說。

「不，他不會傷害我，不——」餘音未落，一股拉力倏地將惜風拉離他的胸膛，她被迫站起，卻無法動彈的站在賀瀮焱身邊。

看著游智禔猛然一腳踹向他的胸膛，這一腳立即踩斷了肋骨，賀瀮焱忍不住的大吼出聲，但游智禔旋即再一腳！

斷骨立即刺進肺臟，賀瀟焱旋過半身，一口血吐了出來。

「不——」惜風痛徹心腑，她發現頸子能轉，回首對著塔納托斯大喊。「快住手！快叫他住手！」

「妳還沒答應我的求婚呢！」塔納托斯挑了挑眉，真是個傻姑娘。

「求婚……」她顫抖著說不出話來，但是游智禔的凌虐沒有結束，他手持賀瀟焱的刀子，冷不防的刺進他的大腿裡，再向下剖開！

「哇啊啊——」

「停手！停——」她歇斯底里的尖叫著，突然身子束縛一鬆，整個人跪上了地。「求你住手！」

游智禔原本正要把剖開大腿的那傷口向左右兩邊剝離，卻突然止住了動作，如同木偶。

惜風跪趴在地上，淚水不停的湧出，五官因痛苦而扭曲，因悲傷而糾結。

「噢，別哭。」塔納托斯曾幾何時來到她面前，捧起了她的臉。「妳知道現在的妳有多美嗎？我就說妳不一樣，因為沒有人愛得這麼深……這麼美——妳，願意嫁給我嗎？」

惜風淒楚的闔上雙眼，原來這就是塔納托斯要的，為了愛情的請求，為了愛情的犧牲──所謂最美的時刻。

她突然瞭解到十年前那女孩的心情，被業火焚燒時，為什麼她會露出淒美的笑容？因為值得。

她現在的心情也一樣，為了讓賀濡焱活下來，一切犧牲都是值得的……呵，是人類太蠢，過不了愛情這一關，還是死神太卑劣，掌握了人性最美的弱點？

「我……」對不起，賀濡焱，對不起。「願──」

「不願意！」

驀地一聲爆吼，雙鏈球從遠方砸向游智禔的後腦勺，猛然嵌進了他的腦殼裡；不管是塔納托斯還是惜風都詫異不已，惜風回首看著撫著頸子起身的小雪，她手裡竟也拿著一串佛珠！

「阻止她。」塔納托斯對游智禔下令，並忽然使勁掐住惜風的頸子。「快點！我們別浪費時間了！快說妳願意！」

「不要說！」小雪大吼著，望著走來的游智禔，卻開始扣著佛珠喃喃唸起咒語！

咦？躺在地上的賀濔焱愣了一下，這咒法……小雪怎麼可能會？那是對付死靈的淨化咒啊！

「妳傷不了他的，他是我的——」塔納托斯才在說話，游智禔竟然從頸間開始焚燒並漸漸銷熔！

「你的什麼？你不知道游智禔身上戴著護身符吧？」小雪補唸了兩句，上前將雙鏈球拉出來，拉掉他半邊腦殼。

「游智禔！」惜風想掙開，卻被箝得死緊。

「惜風，游智禔在他外婆過世後就死了，是意外，被火車輾過。」小雪冷靜的向她解釋，「我姊剛剛傳了訊息給我，她幫我跑了一趟他老家，確認了這個消息。」

外婆過世之後？所以再出現在她面前時，游智禔就已經不是人了？可是、怎麼可能……她有陰陽眼，賀濔焱有能力——大家還進了梵諦岡！

「我保有他的軀體，讓一部分的我跟他活著！」塔納托斯扳過了惜風。「為的就是讓妳一路能過來我懷裡，讓你們加深情感的羈絆！」

所以，口口聲聲想成為神父的游智禔，這段路上卻比誰都更殷勤、比平常更大膽的告白，就是為了讓賀濔焱跟惜風更緊密！

「一切都是你！那游智禔的……」她不敢相信的搖著頭，他已經死了？「他的一言一行、一舉一動……」

「他保有他的靈魂，我沒興趣操控一個人類生活。」塔納托斯瞥了一眼使勁想坐起身的賀濔焱，「沒有他，我一樣可以折磨那小子，快點答應我！」

「不必！惜風，事情終有解決的方法！」小雪又在後面鬼吼鬼叫，塔納托斯巴不得將她殺掉……但是她命運未終，祂不能干涉，其他死神雖不在，但是祂們正看著！

黑帝斯也是！

小雪從背包中撒出一堆符紙，符紙滿空飛舞，獵獵作響，吃力坐起身的賀濔焱不可思議的看著眼前的景象，那是萬應宮的符紙啊！小雪不該會有，更不可能操控那些符紙！

符紙張張泛著金光，鐮刀者忽地收起刀子向兩旁站立，讓出了一條道路，而符紙又迴旋鋪排，鋪成了一條符紙路面，一路延伸到外去。

「……什麼？異教者？」

「對異教的尊重，黃金十二神應該還是有吧？」

第十二章

純粹

外頭傳來清亮的聲音，穿著風衣的人走了進來，身後跟著一個清秀的男子，賀濡焱瞬間就認出他來。

「帥氣大姊！」小雪興高采烈的奔過去，「我唸對了厚？」

「很好，有天分。」說話的女人語帶讚賞。

清秀的男子是半人鬼，多年前相遇時他還是隻鬼，現在居然有了形體！

那麼……走在前方這以風衣帽蓋住臉龐的難道是——「表姊！」

女人將帽簷取下，那是張稱得上精緻的臉龐，可是眼神卻歷經風霜，一頭燙捲的棕髮襯著小麥色的肌膚，她比幾年前更加成熟。

「這是怎麼回事！」塔納托斯忿忿的扔下惜風，站起身迎向女人，卻避開了符紙路。

「這裡不容你放肆的，我很瞭解你們的規矩，塔納托斯。」女人瞟向跌坐在地的惜風，「惜風，妳的信念有誤。」

「閉嘴！不許妳對我的新娘動手！」塔納托斯怒吼著，渾身都是殺氣。

這是怎麼回事？惜風不解，她只知道爬起身，飛快的往賀濡焱身邊去，他面白如紙，鮮血直流，看得叫她淚流不止！

「我知道我帶不走她，但是我可以帶走我表弟吧？」女人看向賀濡焱，「能走嗎？」

「盡量。」他說著，惜風吃力的攙扶他。

塔納托斯緊皺眉心，異教徒必受禮遇，祂不能擅自動手……望著賀瀶焱幾次站起都在咬牙，惜風只好以身體撐起他。

「認識的？」惜風暗暗問著。

「我表姊，叫令葑蓮。」賀瀶焱吃力的回著。

「你們在梵諦岡沒學到嗎？相信就是一種力量，還把自己搞成這樣。」令葑蓮轉了彎，符紙跟著往前鋪排，不讓她踏到大殿一寸一毫。「你沒對神佛虔誠？」

咦？惜風怔了住。

「我出發前還去拜過！」賀瀶焱咬著牙回應，整頭都是冷汗。

「不夠，否則應該像我一樣。」令葑蓮轉向塔納托斯微微一笑，「但我還是有一點點鬆動，不然就見不到你了，塔納托斯。」

「妳可以閉嘴了。」塔納托斯臉色鐵青的瞪著女人，臉色相當凌厲。

惜風突然意識到，表姊不是在跟瀶焱說話，而是在對她說些什麼！

以她為楞的賀瀶焱也在沉吟，為什麼表姊說話有點怪，不像她平常的冷漠模式？

相信？不夠虔誠？她的鬆動？

——咦！——他倏地瞪大雙眼，等等！居然是這麼回事！

他想立刻回身跟惜風說，惜風卻倏地被力量吸走，跌進塔納托斯的懷裡！令葑蓮身後的半人鬼立刻扶住賀濚焱，輕而易舉。

「啊……」觸及冰冷的惜風沒有極力反抗，她反而有些失神。

「很抱歉不能參加妳的婚禮了。」令葑蓮對著塔納托斯道歉，「死神的新娘，失禮了。」

「快滾。」塔納托斯緊扣著惜風，迫不及待的低首附耳。「在他出門前，如果妳不答應，我一樣能讓他生不如死，」

咦？惜風詫異的望著他，雙唇微啟。

「你騙人的吧？」

什麼？塔納托斯瞪圓雙眸，瞬間氣黑整張臉。

「你不能對壽命未終的人下手，你的確可以折磨他，但不可能殺掉他。」惜風忽然間笑了起來，「說穿了你什麼也不能做，因為你什麼都不是啊！」

「嫁給我，范惜風！」

惜風咯咯笑了起來，仰著頭望向塔納托斯。「我在想什麼呢？怎麼會有死神這種東西！」

她冷不防的抽出頸間的鍊子，那是賀瀠焱給她的護身符，一面繡著萬應宮，一面是菩薩像。

「根本不存在的東西，我怎麼會蠢到要相信？」

她微微一笑，雙手合十將護身符置於雙手掌間，闔上雙眼。

信念要正，菩薩才會回應妳……不管是觀世音還是佛祖，請聽弟子范惜風請願，弟子祈求年年好年日日好日，歲歲平安，連同愛人賀瀠焱一起庇佑，平安吉祥，平安吉祥。

腦子裡開始侵入畫面，溫暖自掌心的護身符開始瀰漫，她突然想起好多事……小時候媽媽帶她去廟裡上香，穿新衣戴新帽，小小的她走在莊嚴的廟裡，有的神像大尊得好嚇人，可是有幾尊笑得好像媽媽。

媽媽跪，她跟著跪。

『求菩薩讓妳平安長大啊！』媽媽眉開眼笑的說，『讓我們都平安。』

她有樣學樣的拜著菩薩，讓大家都平安。

在民宿餐廳後頭那神桌上，菩薩的雙眼的確睜開過，祂掛著那慈藹的笑望著她，只是眼尾輕輕一瞟，但是她沒有看錯，祂的的確確是望著她！

她為什麼忽略了這麼重要的一件事，明明可以就近求援，卻遠奔數國離危險越來越近呢？

耳邊傳來忿怒的咆哮聲，還有像是符紙的獵獵音，她緩緩睜眼，看見原本莊嚴的帕德嫩神廟正在逐漸風蝕，紗簾陸續消失，一邊的桌椅也像隱形般緩緩融進背景中。

殿外，菩薩的彎月眼正對著她笑呢！

側首看向隔壁依然站立著的塔納托斯，祂怒不可遏的瞪視著她，依然伸手扣著她。

「你不存在於我的世界與信仰中，該走了。」惜風幽幽說著，掌心的護符傳來溫暖的熱度。「啊，對，這個得還給你。」

她自被抓握的左手中勾出黑色的死之刃，那一瞬間，塔納托斯的臉色丕變，彷彿驚訝那刀刃在她手中。

黃色符紙在她身邊飛舞，最終於地面鋪出另一條路，連結到賀濡焱他們站著的那方。

「再見了。」惜風冷不防將刀子直直插入塔納托斯箝制著她的那隻手，「還給你。」

「不……等等——」塔納托斯忽而驚恐的悲鳴著，反而讓惜風嚇了一大跳，她嚇得趕緊站上符紙鋪成的路面，卻發現死之刃竟緊緊黏著她不放！

這是什麼……千萬人的聲音與景象湧進她的雙眼與耳裡，惜風痛苦的緊閉起雙眼，而被刀刃插中的塔納托斯突然遽瘦，由一個野性的男人瞬間成了乾癟的木乃伊，緊接著開始粉碎成灰，伴隨著風咻的往後捲去而消逝。

並非消逝，而是倏地捲入死之刃中。

賀濲焱連站都成問題，小雪趕緊探身向前把惜風拉過來，就怕她一塊兒被捲過去。

他們親眼看著帕德嫩神廟從富麗到頹圮，像是在短時間內看著它歷經兩千五百年的風化，最終時光回到現代，漆黑的夜晚，伸手不見五指的神廟內。

小雪拿起手電筒照明，空無一人的歷史遺跡，他們真的在裡面。

惜風顫巍巍的睜眼，惶恐的環顧四周，手裡的護身符仍在發燙，她下意識試著尋找那張笑臉，卻什麼也看不清。

『喵！』

神殿深處，一簇銀光亮起，小萌優雅的走了過來，牠的身後，跟著笑出兩個酒窩的俄羅斯死神。

「妳贏了，還贏得很漂亮。」俄羅斯死神站定在一段距離，輕聲的說著。

「……結束了嗎？」惜風啞著聲問，「我再也跟祂沒有瓜葛了對吧？」

「不同的宗教信仰，怎麼會有牽絆？你們的宗教中並沒有死神，不相信就不會存在。」俄羅斯死神顯得很開心。

「那你是什麼？」小雪疑惑的問。

「我只是個夜半來欣賞帕德嫩神廟的閒人而已，你們不也是嗎？」俄羅斯死神輕鬆的往外頭漫步，「只是事情出乎我意料，我沒想到妳可以把祂一起解決掉……」

「解決？」賀濡焱痛苦的出聲，「那傢伙不存在了嗎？」

「存在，只是沒有形體，必須永生依附在自己的刀上……死之刃連神都能傷害，那是代表死亡與枯朽的神力，祂居然任意給人類，咎由自取。」俄羅斯死神嗤之以鼻的哼了聲，「只不過我們也沒想到，惜風會是適合的刀鞘……放心，妳是刃的主人，誰也傷不了妳，直到妳命運終止後，我們才會收回死之刃。」

惜風正詫異的看著掌心裡的死之刃，是刀子不願意離開她嗎？上頭黑氣變得更加深沉繚繞，定神一瞧，似乎還能看見黑氣在變幻之餘，正在悲鳴咆哮。

惜風默默的把刀子插進左手臂裡，無違和感，死之刃依然靜靜的沉在她肌膚底下。

『喵……』小萌往前走了幾步，用淚光閃閃的雙眼望著她。『喵不是壞喵，因為妳如果不是新娘，就不能穿過結界，進入死神聚會！喵不是壞喵！』

啊啊……惜風蹲了下來，她懂了，小萌誘騙他們一步步取得新娘的祭物，就是為了要讓她可以光明正大的進入帕德嫩神廟，能夠親自面對黑帝斯或是死神們。

「小萌……」惜風看著小萌回身，有點不捨。「小萌不能留下來嗎？」

「不存在的東西，妳要怎麼留？」

俄羅斯死神微微一笑，又多瞥了賀濕焱與身邊的女人一眼。

「你高興得太過分了，該不會是惜風間接幫你除掉討人厭的同事吧？」賀濕焱開口沒好話，小雪卻噗哧一聲笑出來。

「哎呀，這麼明顯？」俄羅斯死神居然也沒有否認，「我早說過，我最討厭祂了！哼！」

祂輕快的走著，站定在廊柱之間，大方承認同事關係差劣，現在礙眼的同事消失了，祂可覺得神清清氣爽呢！

「就知道……祂開心得過分。」唔……賀濕焱緊皺起眉，鮮血涔涔的流，即使因為信念讓自己回歸東方宗教，不受西方影響，但留在身上的傷為什麼就沒有消失呢！有夠虧！

「別再動了，得趕快帶你去療傷。」令葑蓮低聲說著，「我們是否該走了。」

所有人不由自主的望著在月光下的俄羅斯死神，閃閃發光的金髮，回首的稚嫩臉龐，祂還微噘著嘴，真是可愛到好想捏一把。

「搞半天只是一念之間啊……」小雪歪了頭，「這麼簡單，我們搞得好複雜啊！」

「呵，一念之間一點都不簡單啊！人類演化了幾千年，多少人越不過這一念之間？」俄羅斯死神伸長了手，對著小萌。「一念天堂、一念地獄，地獄的工作卻繁重到不可勝數。」

「……謝謝。」惜風泛著淚光，遙望著俄羅斯死神跟那隻小萌。

『喵……』小萌也用依依不捨的眼神望著她，但是偎在俄羅斯死神的懷裡卻顯得很幸福，牠是祂的寵物。

「最後給個忠告，這次除了信念與外力之外，還有深刻的負暗之力幫忙，才能讓你們成功率提高——但是相對的，負暗之力也容易傷害你們。」俄羅斯死神扔出燦爛的笑，「那就……再見嘍！」

祂如飄移般的往前移動，惜風忍不住旋身也往正後方的廊柱外奔去，只是當她衝出去往右邊望去時，已經什麼都不存在了。

「惜風！」小雪跟著跑出來，望著右方空無一人的地方，泛起微笑。「走吧！」

她閉上雙眼，淚水還是不自禁的掉落，不只是為分離、為自由，還有為更多複雜的情緒。

一行五個人走到樓梯邊，俊美的男人禮貌性的對著賀濂焱欠身。「請容許我抱你下山。」

賀濂焱擰眉，但還是默默點了頭。

男人輕而易舉的抱起他，惜風望著一行五個人，忍不住又往身後望去，游智禔的身影也不復存在。

「跟我們去羅馬至今的游智禔，都是假的嗎？」她難受的問著。

「不，塔納托斯只是讓他繼續活著，靈魂還是本尊。」令荺蓮挑起一抹笑，「要不然他就不會戴上那致命的護身符了。」

有緣人，冥冥之中，游智禔或許也不想遭受控制。

那是為了讓惜風開心，游智禔才戴上的，若是塔納托斯控制一切，祂根本不會碰觸那「有緣人」的玩意兒。

「致命，他……」

「放心，靈魂沒事。」令荺蓮知道她在問什麼。

小雪扶著惜風往下走，她臉色蒼白，看起來像隨時會昏倒一般。

「好不真實喔，就這樣結束了。」小雪口吻裡居然難掩惋惜。

「呵，」女人仰望著月光，「一念天堂，一念地獄。」

※　※　※

季芮晨在樓梯下方見著他們時，簡直是喜出望外又加錯愕，因為少了一個游智禔，卻多了兩個陌生人；但是她還是很熱情的喬位子，說擠一下絕對沒問題。

結果令葑蓮跟美男子堅持用走的。

所以賀瀰焱被放上車，枕在惜風的大腿上，她有種說不出的空虛感，總覺得一切如此的不踏實，她還活著，賀瀰焱卻受了重傷。

小雪坐在前座，注視著雅典不夜城，平常只工作幾小時的希臘人，仍在持續抗議著。

當車子到停車處時，賀瀰焱的表姊居然已經到了，她身邊的極品帥哥再度抱起賀瀰焱，平穩的往民宿的方向走去。

「腥風血雨。」令葑蓮突然疾步前行，「那家的恩怨還沒了啊？」

賀瀰焱眼神有點模糊，但是嗅得到屍臭味。「厲鬼作祟，他們的親人。」

「為了無聊的理由，人都死了，要那些家產做什麼？」令葑蓮屏氣凝神的往前方望著，忽然蹙眉。「招惹無辜！」

「什麼？」賀瀟焱瞪圓了眼，「是小豆他們嗎？」

「我去！」美男子立即應聲，要將賀瀟焱交給令葑蓮。

她手一打橫，「不，你送瀟焱回民宿。」令葑蓮回眸朝著惜風一笑，「妳跟我走。」

「我？」身上沾滿血的惜風一愣，旋即想起自己身上的死之刃。「我明白了！」

「我……我就先幫賀瀟焱處理傷口好了，我學過！」小雪意外的沉穩，沒有舉著手嚷著也要跟。

「好，妳——」令葑蓮突然指向一臉無辜的季芮晨，「請站在這裡，完全不要動。」再走到她身邊，塞給她一小面鏡子。

「我知道。」季芮晨沒有意見，用力點頭。

「遇到什麼東西衝過來，就把鏡子對著他們照，心裡數到十之後，再把鏡子往海裡扔。」

季芮晨不知道懂了沒有，點頭點得超認真。

賀瀟焱本想阻止，但是意識模模糊糊的他很難說話。

只能望著惜風跟表姊的背影，被半人鬼抱著往民宿方向去，惜風邁開步伐，跟著表姊往前奔跑。

還沒到她就聽見驚叫聲了，不是恐懼，而是一種絕望與心痛。

林琬淳跪在地上，哭喊著丈夫的名字，因為那厲鬼正掐著自己母親的頸子，瘋狂的咆哮著。

『妳說過什麼都是我的！都是我的！』曾孝宇發狂的吼著，他的腳邊是殘缺的屍首，只有腰部以下的屍體，像是從腰部被活生生撕裂開來一樣。

體型看起來是女性，這麼說來，是曾詩佩了。

「她是你媽！」林琬淳大喊著，「你不能這樣！孝宇，她是你媽啊！」

『她騙我！她說過什麼都是我的，卻想要把財產給姊姊！』曾孝宇已經變得更加猙獰醜惡，『大騙子！』

惜風看著地上的屍塊，遠處那是下半身沒錯，上半身……就在附近，散落得到處都是，倖存的女兒們都窩在父親懷裡尖叫大哭，小凱也被緊抱著，目前只有死一個而已？

「那是你母親的錢，不是你的。」令葤蓮從容的上前，「就算她說是你的，也是得由她贈與才算數。」

『嗚……吼……』曾孝宇連鬼樣都不像了，他的雙眼與鼻子揪成一團，眉毛上豎，看起來是恨意滿身。『我的！都是我的！』

「放下媽！孝宇，你不要這樣……你、你已經死了啊！」林琬淳哭喊著，為什麼丈夫會變成這樣……不，她之前就知道他被溺愛，可是沒料到成了鬼，連良心都沒了！

『閉嘴，妳懂什麼！他們這樣對妳，妳還幫這老女人說話！』曾孝宇氣忿難平，『這女人口口聲聲說都是我的，但卻是她殺了我！』

咦？所有人愣住了……老太太殺了自己最疼的兒子。

「我……沒有……」老婆婆涕泗縱橫，看著眼前這又臭又猙獰，已經不是她孩子的孩子。

「老公，你在說什麼？」連林琬淳都禁不住的發傻，「媽不可能——」

『誰說不可能！我被逼得走投無路，我要她再拿五千萬出來，她死都不肯！這不是把我往死路逼嗎！』曾孝宇怒不可遏的大吼，『我要她後悔！我——』

一顆石子突然扔向了厲鬼，他怒目圓瞠，頸子轉了九十度，看見的竟是他兒子。

「放下阿嬤。」維謙擰著眉，帶著恐懼與憤怒的走上前。「你這個自殺的懦夫！」

『維謙！』

「他不是自殺，是酒後失足落海。」令葑蓮補充說明，「但其實也差不了多少。」

「都一樣！是你自己把自己往死路逼的，到頭來怪天怪地怪別人？還把我跟媽丟下來！」維謙氣急敗壞的嘶吼著，「你這種人不配當我爸爸！不配！」

『……住嘴！』曾孝宇重視唯一的兒子，他不可思議的看著兒子眼中的嫌惡，只覺得大逆不道，他到底哪裡做錯了？

有缺就回家拿，要什麼跟爸媽說，這不是天經地義的嗎？

他的人生中，就是這樣的模式，從未有錯啊！

「惜風。」令葑蓮瞥了她一眼。

惜風立即領會，她不動聲色的上前，四周圍坐在地上的人們不停的哭，父親用強健的臂膀保護著孩子，相較之下，這個要什麼就要拿什麼的父親真是弱到讓人想哭。

「你從來沒有認真生活過對吧！」維謙指著他宣洩情緒，「以為要什麼伸手就有了嗎？人生哪有你想的這麼輕鬆！」

他一直以為，爸爸是認真工作的人，只是因為生意失敗不得不潛逃……但是沒有想到，居然會是這種被寵壞的孩子，一輩子都只想著伸手的爛咖！

曾孝宇瞪著自己的兒子，被自己的兒子教訓並沒有為他帶來太多悔意，他只有更深切的憤怒，因為沒有人可以指正他，從來就沒有！

『是妳教的吧！妳這樣教小孩的！』果不其然，曾孝宇下一刻指向了妻子。

「夠了沒，什麼時候才打算怪自己呢？」惜風冷不防的抽出了左手臂的死之刃，「連當鬼的理由，你都很失敗。」

『咦咦咦！』曾孝宇驚恐的向外一跳，但卻還是掐著母親往外跳，他跳向外牆礁石，慌亂的往前奔馳，一票嗜血看戲的死靈也跟著驚嚇逃竄，一路往前方而去。

令葑蓮口裡唸唸有詞，忽地拋出幾張符紙，符紙化成了鳥兒，瞬間疾速往海岸邊衝去，阻擋了死靈們想要離開的退路，逼得他們只能往前直奔，奔向……惜風訝然，季芮晨的方向。

令葑蓮緩步走近散落一地的屍塊，尋找到曾詩佩的頭顱，找到時也已變形，只怕死時痛苦異常；她蹲下身，闔上曾詩佩死不瞑目的雙眸，喃喃唸著往生咒。

惜風不安的往前眺望，直到看到一道閃亮的光從旁邊拋出時，才鬆了一口氣。

『嘎呀——』一大片淒厲的鬼叫聲從上方傳來，墜落入海。

然後，海浪突然就地揭高，大浪中出現了數個女人的身影，海之寧芙個個氣急敗壞的疾速浮出水面，狠瞪著落海的死靈們，有種可怕的肅殺之氣從海裡傳了上來。

「好了，靈魂我做處理了，就等收屍做法事。」令葑蓮站了起身，「惜風，走了！」

「等等……我媽呢？」林琬淳腦袋一片空白，愣愣的問。

「她？不是跟她最寶貝的兒子在一起了嗎？」令葑蓮嫣然一笑，「種什麼因得什麼果，雖然妳丈夫多有不是，但一手造成的人還是該收拾。」

惜風掠過維謙身邊，輕輕的搭上他的肩。「不要變成像你爸的男人。」

他這才迸出淚水，咬著牙雙拳緊握的望著遠處正腥風血雨的海浪，嗚咽的哭了起來。

一心期盼的父親回來了，卻是已經身故的海中亡靈；魂魄返家不是為了思念，而是為了奪回「應該」屬於自己的東西；殺掉幼小的表弟、再在他們面前化為厲鬼，誘使小凱以任性弒母，最後又殺掉二阿姨、再帶走阿嬤。

這不是他心目中的父親，不是他每次放學時，讓他羨慕不已來接同學的「父親」！

林琬淳終於接受現實般的掩面痛哭，惜風跟上令葑蓮的腳步，這裡還有一些大人在，橫豎是能處理事情的！只是一個家族出遊，最後卻是這樣的結局，應該是始料未及的。

她只是覺得遺憾，在重男輕女的不平等待遇下長大的一雙姊妹，最終居然不是希望給孩子平等的空間，而是選擇了繼承這樣不平等的模式。

「請問……這樣就沒事嗎？」惜風不安的問著。

「嗯，死靈跟厲鬼都被封入鏡裡，海之寧芙會解決冒犯海洋的人。」令葑蓮從容的往前走，既帥氣又不失美麗。「接下來就是收拾殘局跟善後了！」

是嗎？惜風跟著走回民宿，拚命察看的小豆已經緊急叫救護車來了，雖然廣場上喋血的人也不少，但是賀灋焱真的失血過多。

惜風看著大家忙裡忙外，救護人員抬著擔架進來，在一樓先行處理賀灋焱的傷口，他連唇都死白，毫無血色，就這麼被抬上擔架。

她心裡不踏實，她居然毫髮無傷的回到這裡，還看得見賀灋焱，而且再也不是什麼死神的女人……折騰了十幾年，跑了這麼多國家，最後居然只是因為區區的信念。

惜風望著緊急被抬起的賀灋焱，雙眼緩緩闔上，卻突然再也睜不開的沉重。

「惜風！」

尾聲

游智禔的外婆過世後，他的確悲傷得一蹶不振，某天夜裡喝得太醉，沿著鐵軌回家，卻直接倒在鐵軌上，被火車輾過當場死亡；新聞當然有報，但是那時他身上沒有身分證件，加上頭部完全爆開輾平，無法確認身分。

而這種新聞在台灣太容易被忽略，新聞價值極低，根本沒等到確認身分就沒有人要追蹤報導了。

但屍塊在第二天從太平間不翼而飛，那裝著屍塊的屍袋還在，可是裡面的斷肢殘臂全數消失，彼時警方已經從他口袋的手機中確認了主人是游智禔；可是當警方上門時，卻看見好端端的游智禔，笑著說他手機掉好幾天了。

這件事在當地是個小懸案，憑空消失的屍體，身分仍待確定的死者，就這麼消失了。

小雪的姊姊親自走訪，因為她姊姊在一家小小的報社工作，那報紙專報一些特別的事情，舉凡靈異現象、外星人入侵，所有天馬行空的報導隨便記者寫——當然，這則懸案早就被報導過了。

而小雪的姊姊記得一清二楚，手機是「游智禔」的，因此初步判定死者是「游智禔」；所以當小雪提到出遊的一行人中，也有這名字時，她姊姊直覺這不是菜市場名，也有記憶，所以才為妹妹調查。

調查出游智禔曾失蹤幾天沒有出現，與鄰居鮮少往來，提起被傳教的事情，鄰人卻說他們那一帶附近並沒有傳教的神父；加上游智禔幾乎足不出戶，鄰人也不見他開伙，甚至連垃圾都沒有，原本以為沒人在，但當游智禔最後從裡頭走出來時，都讓他們嚇了一跳。

心裡不禁要問，那他都怎麼生活？吃些什麼？

因此，進入帕德嫩神廟前，她姊姊給她的最後訊息：「小心那個游智禔。」

小雪只能半信半疑，從這些證據不能代表游智禔是壞人……除非他先打了她。

最後的照片在希臘，惜風只要望著小雪相機裡的游智禔就會悲從中來。

他的靈魂並沒有消散，但是這個同學就這麼離開了人世，讓她根本無法置信！他對她的心意深埋在心底，她也明白，是因為他真心喜歡她，才會有機會被利用，但也是因為如此，他才會帶上致命的護身符。

她想，一輩子都不會忘記這個人吧！

希臘罷工歷時四十八小時結束，造成最少三人喪生，五人受傷送醫，據令葑蓮說，在負暗之力存在的情況下只有這樣的傷亡，已經是不幸中的大幸。

而惜風的旅程也畫下句點，賀瀮焱給民宿一大筆錢讓他們能重新粉刷裝潢，小豆開心得都跳起來了，然後他們休養一陣子，再跟著季芮晨一起回台。

那家人由台灣辦事處的人陪同處理後續事宜，變成殘塊的孩子、支離破碎的曾詩佩、粉身碎骨的曾詩玉，死不見屍的阿嬤，他們誰也不怨誰也不怪，也不需調查什麼，家族的罪，家族擔。

以及之前被沖上岸的無名屍，似乎正是曾孝宇，正在做二次 DNA 比對。

事情由林琬淳一肩扛起，堅韌的她辦事能力其實很強，平常就打理家中大小事以及婆婆姑姑的刁難，現在這情況也只有她能振作得起來！兩個姊夫都欲振乏力，成天失魂落魄抱著孩子痛哭，小凱雖然才三、四歲，但意識到自己似乎推下母親後，精神變得相當不穩定。

反倒是兩個女孩子靈巧俐落，從小接受不平等對待的她們能忍耐能吃苦，幫著林琬淳照顧父親跟弟弟，兩個女孩沒有悲傷神色，反而笑得很開心。

小豆跟維謙也膩在一起，兩個人一起跑腿一起玩，賀瀮焱看著這一切，幽幽的說希望這家人能真正的幸福。

林琬淳不愚昧，何需受人歧視還待在家裡惹人嫌？她也只是咬著牙苦撐，絕不與這個家斷絕關係，不因為丈夫的不負責任就脫離這個婆家，她還有孩子，絕對能擁有繼承權。

她只是低調，不聲張不明顯，努力做好自己的本分，因為該有的依然會有，只要她黏在婆婆身邊。

王佳瑜與小晴眼裡透露著喜悅，獲得自由與對等的她們一點都不為弟弟或母親的死而悲傷，對她們而言這是一種解脫；這份病態是家庭教育給她們的，未來遲早會影響到別件事、別的人……這是無窮盡的惡夢延續。

他們誰也不需干涉，那是屬於他人的命運。

季芮晨帶著倖存的三位團員先返台，這件事給了他們很大的打擊，但似乎不至於讓多年友情破碎，只是讓他們上了一課，也讓他們在短時間內成熟。

儘管有梅杜莎的蠱惑，明理之人依然明理，這是最難能可貴的。

由於令葑蓮再三交代，一定要跟季芮晨坐同班飛機回去，所以賀瀮焱儘管負著傷還是咬牙跟上；由於惜風不再擁有陰陽眼跟看見死相的能力，所以無法預估班機是否會失事——不過跟著季芮晨就不會有問題。

負暗之人，總算有點好處。

「負暗之人到底是什麼意思？」小雪坐在後座，很好奇的問。「那個季芮晨嗎？」

「嗯，我沒遇過這種人，表姊說那是命格特異分子……左轉！」副駕駛座上的賀瀫焱開口，惜風打了方向燈，向左轉。「簡單來說，好像就是有她在的地方，壞事容易發生！」

「咦？」惜風怔住，「壞事……那在希臘時——」

「死神開會是一件事、希臘罷工是一件事、死靈上岸也是，但是正因為有她在，所以情勢會變得更加激烈、死靈能得到更多的力量，大家會變得更殘暴——」賀瀫焱簡直是如數家珍，「噢，她在帕德嫩神廟山下時不停祈禱我們能順利，敵方會慘敗，所以俄羅斯死神說的就是因為她把負面信念給了塔納托斯，因此妳才容易成功。」

「所以這就是妳請她當導遊時，她問妳十次的原因嗎？」小雪哀叫了起來，「媽呀！她如果說她到哪裡就會出事，那問一次就不會再堅持了啦！」

車內突然靜了下來，區區一個女孩的「天生力量」，居然可以影響到異教的死神？

「我們活著回來是奇蹟嗎？」惜風驚惶的問。

「不，本人似乎不會有生命危險，所以表姊才要我們無論如何都跟她搭同一班飛機！」

「哇靠，我很不想吐槽……但這是人間兇器吧？」小雪露出驚恐的神情，「她居然還當領隊耶！」

這種人是不是應該被關在家裡比較不會危害大眾？

「啊！萬應宮！到了到了！」小雪遠遠的就指向田野的另一邊，「惜風！妳看，那個就是！」

「看見了。」她開了窗，風吹著她俐落的短髮，她一回台灣就剪去那頭「祂」喜愛的長髮，回到自己溫暖的家中，還買了許多盆栽放在窗櫺上，然後又哭了一天一夜。

這自由實在太虛幻，讓她興奮莫名卻又擔憂，情緒往來碰撞，一直不是很穩定！她想起梅杜莎第一次的占卜，她說得一點都沒錯：她的確無法逃避的，任何人都幫不了她，唯有她自己。

從未想過，一切都只是一念，可是跨不過這一念，贏不過自己的眾生卻多得不可勝數。

「小雪，到了妳先下去，我要帶惜風去另一個地方。」賀瀮焱交代著，小雪是是連三聲，她可沒當電燈泡的習慣哩。

車子停在外圍停車場，賀濎焱說千萬不可以開到宮廟前的廣場，要是被他媽看到一定拉著惜風不放，到時候誰都走不了！

放了小雪下去，惜風倒車，他們再從剛剛的路離開。

「這次多虧了小雪，也多虧了你表姊，卻沒有時間好好道謝。」她甜甜的笑著，現在的惜風，身心都相當輕鬆。

「表姊才奇怪，幹嘛神秘兮兮的？直接來找我不就好了？」賀濎焱忍不住抱怨，「遊山玩水都幾年了，也沒回來看一下大家，明知道我有難到希臘去幫我，卻偏偏找小雪幫忙又故作神秘。」

那晚告訴賀濎焱以水攻擊海之寧芙是無效的神秘人，是表姊身邊那個俊美的隨從……賀濎焱都說那是不人不鬼的妖怪，然後令葑蓮就會從容的搥向他縫了一百二十八針的大腿，一定是這樣他才好得這麼慢！

她找上小雪，是在樹之寧芙跟小雪要冰吃的時候，竄出來的死靈原本欲攻擊小雪，卻被寧芙打退；樹之寧芙很可愛，帶著冰棒笑著離開，說有個人有事要找她。

結界是寧芙下的，為了令葑蓮與小雪的會面。

那時令葑蓮就把符紙交給小雪，也交代她要留意所有人，可是絕對不要「干涉」他人私事及「出手」！因為她的出手，就等於惜風跟賀灦焱的出手，會把他們牽扯進去。再叫她背下淨衣咒，關鍵時刻再呼喚她前來。

小雪問什麼是關鍵時刻，令葑蓮笑著說，妳會知道的。

這話說得好容易，小雪一路上忍，不能說不能透露，一路上觀察，幸好每次都不是危急存亡之秋，一直到惜風要答應死神求婚的那一刻，她終於恍然大悟。

賀灦焱其實也知道令葑蓮不跟他說的原因，因為總要在最後關頭才能出現，否則奸詐的塔納托斯說不定也有所計畫。

「總之，這一趟路有夠遠。」賀灦焱拉過她的手，緊緊包握著。「也要感謝死神，讓我們相遇，還要感謝祂變態的想法，希望妳沉浸愛戀之中，我們才有機會更進一步。」

言及此，惜風忽然流露出一抹悲傷，搖了搖頭。

「祂……只是想找回當年那份感動。」惜風做了個深呼吸，「祂是被黑帝斯看上的人，已經有要結婚的對象卻死於非命，被黑帝斯挑選進地獄成了塔納托斯……未婚妻在祂墳前哭到心碎的模樣祂無法忘卻，幾千年來，一直在找尋那樣的女孩。」

說穿了，祂只是想要那份愛而已。

賀濡焱質疑的看了她一眼，「妳怎麼知道？」

「祂被吸入死之刃時，我讀到的。」她邊說，眼角滲出淚水。

「那還是變態。」賀濡焱依然做了相同的結論，「讓妳萌生愛意再將妳搶走，看妳為愛哭慘的模樣，又不是為了祂。」

幾千年的空虛與偏執，她不知道能說什麼。

「哼，反正祂現在跟妳在一起了，也算得償所願？」死之刃在她的皮膚底下，得等到她過世後死神才會收回。

「這玩笑不好笑！」

「呵呵……」賀濡焱依然笑了起來，今天天空很藍，太陽很大，氣溫雖然有些低，但還是相當宜人的天氣。

好日子，是帶她去看「她」的好日子。

車子停了下來，這是座小丘陵，惜風關上車門，遲疑的望著四周。

賀濡焱往眼前的小徑上踏步，順著往上走，一段路後右拐，草皮被整理得相當乾淨，看得出來日常有人在維護；再往上走有個陡坡，吃力點衝上去，數十階的台階映在眼前，惜風吁了口氣。

賀濔焱回首，伸長大手讓她搭握，拉著她一塊兒走，長梯盡頭，便得一寬廣平台。

平台上是一大片寬大草原，真的其他什麼建築也沒有，唯有中間一座衣冠塚。

這瞬間，惜風明白了。

「她的？」

「嗯，她的。」賀濔焱劃上微笑，緊握著她的手往前走。

來到墓前，他放下手中的袋子，一些零食餅乾跟水果，再點了香，插上前頭的香爐。

「嗨！」他撫上墓碑，「我帶妳愛吃的來了，分次慢慢吃啊，別每次都囫圇吞棗的。」

惜風淺笑著，衣冠塚旁有一棵翠綠大樹，上頭露水晶瑩剔透，陽光反射在上頭呈現金光點點。

「這是水蜜桃樹，很神奇的從她墓頭長出來的，我讓人把它移出來，不想破壞墓穴。」看得出她好奇，賀濔焱開口解釋。「雖然這麼做沒什麼意義，跟我帶供品來一樣……墓裡沒有屍體，墳裡沒有魂……」

「噓。」惜風趕緊摀住他的嘴，「你有心，便已足夠。」

就算知道那個女孩連靈魂都不存在，但只要心底認為她還活著，為什麼不能就當她活著呢？

她曾經活在他的心底，一舉手一投足，只要閉上雙眼就能回憶起不是嗎？她的靈魂存不存在已經不是重點，賀瀟焱心裡是否有她活著的一角才更為重要。

賀瀟焱悲苦的包握住搗在他唇上的手，將惜風拉了過來，她蹲下身子，一起望著這被仔細照顧的墓地。

「她是我之前跟你提過，我心底的那個人。」賀瀟焱幽幽說著，惜風臉上一陣緋紅。「她叫范惜風。」

「……妳好……」惜風趕緊對著墓碑頷首。

一陣風刮過，頭上的綠樹沙沙作響，也像在回禮似的。

「我不會忘記妳，但是我已經決定走下去——從遇上惜風的那一刻起，我就已經走出了十年前那片竹林。」他的聲音哽咽起來，雙手不住的絞著，連惜風都難受的泛起淚水。「但這不代表我會忘記妳，妳永遠都會在我心裡。」

惜風雙睫微顫，趨前以雙掌包握住了賀瀟焱的雙手，他在難過、在心慌意亂時，都會互絞雙手。

「妳希望的，是大家都幸福的一條路對吧？」賀瀟焱依然深情的望著墓碑，「妳聽好，我現在覺得很幸福！」

唰——風倏地刮得更加強勁，枝椏樹葉跳呀跳的，不知道是雀躍，抑或是一種悲傷。

惜風仰望著樹，她覺得樹似乎正在說話，含著盈眶的淚，她忍不住伸手撫上墓碑。

「謝謝妳……及所有一切。」

風依然吹著，樹枝依然搖擺，賀濡焱牽著惜風起了身，他們在墓前站了好一會兒，什麼話都沒說，彷彿都在心底對墓裡其實根本不存在的女孩說著。

「改天再來看妳。」賀濡焱趨前，輕拍了拍墓碑，像是在拍打一個女孩的頭。

「改天見。」惜風也很有禮貌的欠了身。

他們的身影一塊兒向右轉去，走向那數十階的長階梯，手牽著手，光明正大的在台灣這片土地上訴說著對彼此的喜歡。

「我有個問題很想問你……」惜風咬著唇，難掩羞赧。

「嗯？臉紅什麼？」賀濡焱挑了眉，「我們之間還有什麼事需要臉紅的嗎？」

「嘖！」她抽回了手，用力打了他。「你尊重點！這裡還是……」

「她會為我們高興的。」賀濡焱再把她的手給拉回來，「問吧，什麼事？」

惜風轉了轉眼珠子，咬著唇，好不容易才開口。「我們剛認識不久時，你曾送過我鈴蘭……你知道鈴蘭的花語是什麼嗎？」

「……」賀濡焱瞇起眼，「幸福的到來。」

惜風抿了唇，忍不住紅了雙頰，他果然知道。「所以那時你送給我時，已經認為……」

他勾起笑容，淘氣的將她拉到身邊，就著頰邊啾了一下。

長臂再一勾，賀濡焱將嬌羞的女孩摟入懷中，男人朗聲大笑，惜風又羞又氣的輕搥著他，問他要一句真話！到底是認為他們之間有可能？還是當時只是希望她能幸福？

甜蜜依戀的背影依依，直到走下階梯後數步，終於看不見身影。

水蜜桃樹隨風輕揚，陽光燦爛的照耀在翠綠的樹葉上，小樹昂然挺立，只是有幾片綠葉上的露水，最終還是忍不住落了下來。

真是……太好了……

作者　等菁
封面繪圖　Fori
美術設計　三石設計
總編輯　莊宜勳
主編　鍾靈
編輯　黃郁潔

出版者　春天出版國際文化有限公司
地址　台北市忠孝東路四段303號4樓之1
電話　02-7733-4070
傳真　02-7733-4069
E-mail　frank.spring@msa.hinet.net
網址　http://www.bookspring.com.tw
部落格　http://blog.pixnet.net/bookspring
郵政帳號　19705538
戶名　春天出版國際文化有限公司
法律顧問　蕭顯忠律師事務所
出版日期　二○二三年六月初版
定價　335元

總經銷　楨德圖書事業有限公司
地址　新北市新店區中興路二段196號8樓
電話　02-8919-3186
傳真　02-8914-5524

國家圖書館出版品預行編目資料

異遊鬼簿II：死神祭 / 等菁作　--初版　--臺北市：
春天出版國際, 2023.06
面；　公分
ISBN 978-957-741-693-3 (平裝)

863.57　　112006344

ISBN 978-957-741-693-3
Printed in Taiwan